~ 90 後女生逆轉人生 ~

目錄

親愛的讀者，

在進入這本書的世界之前，讓我先來進行一個簡單的自我介紹。

我是黃凱貽，你們都可以稱呼我為凱貽 / Ms Why。作為一個出身於天水圍屋邨基層 90 後，我在這個多元而充滿挑戰的世界裡，經歷了許多人生的起伏和轉變。我今年 32 歲，於 13 歲血癌第四期，16 歲開始投資 19 歲輟學創業並投身於金融業，24 歲結婚，25 歲成為了媽媽，30 歲前財務自由。

這十多年來，我的經歷彷彿濃縮了別人一生的故事。

在 2023 年，我榮獲了 2023 傑出商界女領袖的殊榮，成為最年輕的得主，同年，我還獲得了 Smartest Business Award 的年輕女企業家獎項，成為唯一的得主。而今年 2024 年，我迎來了另一個里程碑，被提名世界傑出華人青年企業家獎。

至今已經是我正式創業的第 13 年，同時也在金融行業第 13 年 。除了經營金融業務，我也是一位投資者和管理者，並且正在努力學習成為一名企業家。

我熱愛從零開始建立事業的過程，因此我涉足了各個領域的投資同

時會參與營運。在 2014 年的一次機遇下，我開始了我在馬來西亞的旅遊房地產之旅，現在有三家酒店，其中一家還獲得了多個國際設計獎項。此外，我還擁有餐廳、酒吧、按摩店和旅遊公司等業務。

然而，我的人生並非一帆風順。中學時期，我發現自己被診斷出第四期的血癌，並且已經擴散到肺部。我不得不停學一年，剃光頭接受化療治療。正是這些挑戰和經歷塑造了我，讓我明白了生命的脆弱與可貴。

正因為我的背景和經歷，我深刻理解並珍惜人生的每一個瞬間。在我追求個人成就的同時，我渴望對身邊的人以及整個社會、整個世界做出貢獻。「成就源於貢獻，生命感染生命」，已成為我的座右銘。

所以在接近 30 歲的時候，我好像找到了人生的使命和願景，要從事教育和慈善服務。因此，我在香港創立了 DoRich，一個致力於理財、投資、創業以及個人成長的體驗式教育平台。結合了社群和投資者俱樂部。

而 DoRich Youth 是一所小企業家培訓學院，專為兒童及青少年設計的創新培育計劃，旨在透過體驗式教學和理論實踐，提升孩子在人生管理和企業思維上的發展，培養孩子成為一個具備軟技巧、硬實力的未來企業家。

　　於慈善服務領域 我成立了香港最年輕的一個全女性獅子會，香港樂活獅子會，由一群獨立、有能力、友愛和有理想的 80 後 90 後女生組成。

　　以上是我一些簡短的個人背景介紹。正是我過去十年的經歷和故事，我擁有了一套屬於自己的人生哲理和生活智慧 ，並在人生的八大範疇中獲得了一些感悟和啟發。

　　我常在網絡上分享時，收到了許多女性在不同範疇上的人生問題。這次我希望能夠透過這本書，從我的角度出發，用自己的人生哲理來撰寫一本關於人生八大範疇的書籍，專為女性讀者而寫。我希望能夠為讀者於人生不同領域上給予一些建議和指引。

　　這本書將探討職場創業、理財投資、婚姻家庭、人際關係、個人成長、兩性關係、身心靈、貢獻和夢想等範疇，並分享我在這些領域中所學到的智慧和心得。我相信每個人都有自己獨特的人生旅程，而我的目標是通過這本書，與讀者共同探索人生的意義和價值並在各方面找到平衡。

　　此外，我將分享我在社會服務和慈善領域的心得，渴望你看到這本書，以自己的方式做出貢獻，用生命影響生命。

- 成就源於貢獻 生命感染生命 -

Empowered Women Empower Women！

凱貽

Time to empower yourselves

As I read through the pages of my friend Hoi Yi's first book, I can't help but feel inspired by her story.

Knowing she grew up under difficult circumstances like developing stage four blood cancer at the age of 13, it's unbelievable to see how resilient she has been — case in point? After battling and overcoming chemotherapy, she dropped out of school at 16, started her first business at 19 and now, she has already received the 2023 Outstanding Business Female Leader award and the Young Female Entrepreneur Award of the Smartest Business Award. As one who is multifaceted and maintains many different roles in her life, Hoi Yee is not only a successful example of what it means to lead in the business world, but how as a woman, we also need to learn how to manage and balance our roles as wives, mothers, entrepreneurs and more.

The book serves as the one of many platforms that Hoi Yee uses to reach her friends, family and those who resonate with her motto in life: empowered women empower women. I noticed how she also easily dissects each section of the book into eight categories, ranging from workplace entrepreneurship, marriage and family, and even our personal growth, body, and dreams.

I strongly believe that her words not only strike to the hearts of women, but to anyone who wishes to change their mindset and fulfil their fullest potential in life. One last note I would like to draw attention to is how Hoi Yee is a person of action. Speaking from a personal perspective, I often feel that my heart wants to do what the rest of my body can't bring to fruition. I set goals for myself only to feel discouraged that I cannot accomplish them. I make excuses for myself like I don't have the proper network, people won't want to do business with me, or I can't even manage my personal life, how can I even fathom of doing anything more?

But the reality is, as Hoi See showcases, if a person can fight for themselves and overcome cancer at 13, that same person can also fight for their place in the hierarchy of the world, and create in any realm an empire that is their own.

Buckle up, it's time to get ready to empower yourselves.

陳凱琳 Grace Chan
2013 年度香港小姐競選冠軍
2014 年度國際中華小姐競選冠軍

成就源於貢獻，生命感染生命

還沒閱讀，已被書名深深吸引！「謝絕窮忙」是我經營公司二十多年後才悟出的道理！作者凱貽，卻能夠在 32 歲芳齡時領悟到，並落實在生活工作中！真不簡單！值得欣賞學習！更讓我驚訝及佩服的是，她將人生的精髓，集結成書，坦承分享她是如何「90 後女生逆轉人生」的，完全將「人生八大範疇」展示出來，成就了此書探索人生意義的指南。

我初認識凱貽時，她給我的第一印象是：聰慧安靜的美少女！直到近年，她將 30 歲之後的人生使命和願景，定位在「要從事教育和慈善服務！」我們因而熟悉起來！凱怡有感於身邊有一群獨立、有能力、友愛和有理想的 80 後 90 後女生！她們各自都有獨當一面的商業能力，又同時開始啟動慈善服務的思維！志同道合之下，很快齊集了一群素質高的女性成員，成立目前為止，香港最年輕的一個全女性獅子會，香港樂活獅子會！

我作為前總監指導獅友身份，近距離親身接觸這群女性，讓我大開眼界，為我們展示出「全女性團隊 She Power 力量」！凱貽作為創會會長，帶動事業有成，熱情聰慧的新女性，有很高的情商。

凱貽將「人生成功是要有方法」的，全部傾注到這本書中，希望年輕人，特別是女生，認真睇這本書時會有大大的啟發。真為凱貽的大愛而感動：成就源於貢獻，生命感染生命 -。Empowered Women empower women！

落到實處，讓我們攜手通過讀這本書，與凱貽共同探索人生的意義和價值並在各方面找到平衡，過一次非凡而有意義的人生！

梁麗琴 Amy Leung
獅子會香港社區服務基金創辦人及主席
國際獅子總會中國港澳 303 區 2021~2022 年度總監

適用於大眾的心靈雞湯

嗯，怎麼說好呢？認識凱貽時，她還是個初出茅廬的小女生，外表稚氣未脫，卻隱然露出普通少女所不可能具有的慧黠、世故、上進、對未來的願景、對人生的渴求，稍作了解，卻原來她已在短短的幾年間，「快活」地過了普通人大半世的人生：絕症、挫折、奮鬥、輟學、創業，感覺到，她現在不甘平凡，將來也不會平凡。

今天的她，外貌還是一位青春少艾，稍稍改變的只有妝容和穿戴，但已擁有了強大的內心、深邃的內涵，以及相等於普通人活了幾十年人生經驗，也已搖身成為了長袖善舞的商人，享有自己的事業、資產，廣闊的人脈和社會地位，還有，同齡人羨慕也妒忌的財務自由。更不可思議的是，她還擁有了自己的家庭，有丈夫，有孩子，究竟她如何長出和揮動這三頭六臂，兼顧家庭、事業、人生呢？

此書是把她的個人經驗，同讀者分享，更難能可貴的是，她成功地把經驗歸納成為一般性的法則，換言之，這不單是分享個人的逆襲經歷，要知道經歷是人人不同、不可重覆的，但是昇華出來的法則，卻適用於大眾，是實用手冊，也是心靈雞湯。

她聰明地把經驗和法則分成了職場創業、理財投資、婚姻家庭、人際關係、個人成長、兩性關係、靈性成長、貢獻夢想等八大範疇，有效的增加了本書的可讀性，使這碗雞湯更易於入口，用俗套的說法，則是令到本書更具商業性。

在我而言，更感興趣的，毋寧是：這個令人驚奇的女子，再十年後，又將脫胎換骨到哪個層次呢？拭目以待。

周顯
著名投資作家＆專家

用文字治癒同路人的心

　　認識 Ms Why（凱貽）及她的丈夫後，感到緣份很有趣。大家相識僅數年，但人生的軌跡卻甚相似，一直在平行時空上各自努力。

　　我們都走過抗癌之路，亦成為了企業家。我有家人患癌，令我有更大決心研發癌症檢測技術，即使沒有靈藥，也可以透過及早發現找到最合適的治療方案。而癌症患者及家屬都知道，抗癌要成功，除了靠有效的醫藥治療外，積極的心理質素也是關鍵。

　　我會繼續在我的科研路上努力，也支持 Ms Why 用文字分享自己的抗癌經歷，治癒同路人的心，以生命感染生命。

　　Ms Why 與我也是企業家，創業的過程不比抗癌之路輕鬆，要有巨大的意志及堅持。我的信念是「因為相信，所以看見」，希望大家閱畢此書，相信難關之後會是光明，看見人生的意義和價值。

　　互勉！

招彥燾博士

相達生物科技董事長及首席執行官

2022 世界十大傑出青年

90 後成功女士的表表者

香港女性越來越出色是不爭的事實，由大企業高管到政府高層以至進入大學男女生的比例，在在證明香港女士的能力和學歷都不比男士差，但能做到憑自身努力創一番事業，事業成功之餘又擁有幸福美滿的家庭和婚姻，然後更帶領一群出色的女士去幫助弱勢社群，凱貽絕對是 90 年代出生女士的表表者。

這本書凱貽分享了她的人生經歷和一些重要課題，甚為勵志和甚具參考作用。我特別留意關於理財和家庭篇，因為我一直認為人生有兩件事情是非常重要，但是在我成長階段沒有正式學習過：一是理財，二是怎樣做好父親的角色。而兩者的要求和角色都會隨着自己的年紀和孩子的年紀逐漸成長而有所改變，凱貽在這本書為這兩方面都提供了不少極具參考的建議，而她的建議與我自己的體驗不謀而合。

好像在理財投資方面，凱貽主張投資在自己的健康、形象、知識與格局，我覺得絕對是至理名言；而在孩子的教育上我很認同選擇學校要看孩子的性格特質和盡力使他們快樂地成長，就是憑著這份信念我去培養自己兩個孩子，今天兩個孩子都在世界百強大學畢業並分別在法律界和心理輔導界開展了自己的事業。

我期待這本書有延續篇，當凱貽步入中年而孩子進入大學甚至步入社會，個人理財的需要和作為母親的角色與及孩子面對的人生挑戰都會有所不同，到時候凱貽可以寫延續篇為讀者再分享心得！

陳毅生 Kenny Chan BBS
全港青年學藝比賽大會主席
國際獅子總會中國港澳 303 區總監 2009-2010

智慧與勇氣的光芒

　　這本書彷彿是一顆耀眼的明珠，閃耀著智慧與勇氣的光芒。凱貽憑藉其非凡的人生經歷和深刻的洞見，向讀者展現了如何在逆境中奮起、逆轉人生的真諦。經歷了 13 歲時被診斷出第四期血癌，她沒有被病痛打倒，反而在這段艱苦的旅程中找到了重生的契機，這種樂觀和向上的精神無疑是所有讀者值得學習和欽佩的。

　　作為前香港攀石運動員和 2009 年搶包山冠軍，我深知在困難中挑戰自我、勇攀高峰的意義。攀石運動教會我，無論面對多大困難，只要堅持不懈、勇敢前行，必能達到頂峰。而凱貽的非凡人生，正是這種挑戰精神的最佳寫照。

　　凱貽不僅在商業上取得了卓越成就，還熱心於慈善事業。她創立了香港最年輕的全女性獅子會，以行動支持社會公益，展示了其大愛無私的精神。她的慈善工作不僅僅改善了許多人的生活，更激勵了無數年輕人，使他們相信自己也能夠憑藉努力和勇氣改變命運。

　　無論你是正在尋找人生方向的年輕人，還是渴望突破現狀的職場女性，這本書將是你尋找力量與啟發的良伴。凱貽的故事告訴我們，只要有夢想，並付諸努力，命運必能被改寫，人生必能閃耀光彩。

　　推薦這本書給所有渴望改變現狀、實現夢想的朋友們。希望你在閱讀這本書的過程中，找到屬於自己的啟發與勇氣，相信自己也能夠逆轉人生，創造屬於自己的不凡篇章。

　　讓我們一同見證一位 90 後女生如何智慧與勇氣並行，逆轉人生！

何善揮
JUST CLIMB 香港攀石 創辦人

成為自己的白月光

那人十八不瘋狂，誰人背後無苦況

人家看到你成功，但未必能理解你所經歷。凱貽，初相識那時，感覺妹妹，還要是小妹妹那種。後來了解多了她的故事，從血癌到面對、創業到開拓、家庭到建立，一切聽來，似曾相識的感覺。一個階段的結束往往是另一階段的開始，而成功，其中最大的資本是勇氣。人過於因循守舊會故步自封，看不到自己以至事情的可塑性。

別人要是覺得你嬌眼嬌，你得顯示自己是柔韌有餘；別人要是認為你一文不值，你得為自己製造價值；你要是多愁善感，你就得多接近樂天積極的圈子；你要是不甘平凡，你就得虛心學習。這不只是對凱貽、對我，對許多人來說，知易行難，但卻重要。

人生不一定要一鳴驚人，但每人都可以是自己的白月光，共勉之。

楊振源博士 Benny Yeung
彩豐行創辦人及董事總經理
香港化妝品同業協會名譽會長

人生故事猶如一部精彩的傳奇

有一個人，在她尚未成年的時候，就已經歷經了人生最艱難的考驗。黃凱貽，一位出身於天水圍屋邨的 90 後，在 13 歲時被確診第四期血癌，但是她沒有被命運擊倒，反而在經歷過一年的治療和休學後，憑藉堅強的意志和勇敢的心重新上路，開始了她精彩的人生。

問題及困難並沒有阻礙她的前進腳步，反而激勵她去追求更高遠的目標。在短短 13 年內，凱貽先後獲得了 2023 傑出商界女領袖和 Smartest Business Award 的年輕女企業家獎項。她不僅在金融行業有所建樹，在旅遊房地產、餐飲服務等領域也有所涉足，成就斐然。

令人敬佩的是，凱貽不僅關注自身事業的發展，還主動投入到教育和慈善服務領域。她在香港創立了 DoRich，一個致力於理財、投資、創業以及個人成長的體驗式教育平台，並成立了全女性的獅子會，致力於為社會貢獻自己的一份力量。

這位年輕女性的人生故事猶如一部精彩的傳奇，以她的經歷和感悟為千千萬萬女性讀者指明了成長道路，為她們樹立了可敬的楷模。我衷心希望這本書能夠成為女性追求夢想和價值實現的指引，也希望凱貽的故事能鼓舞更多人，以積極進取的態度面對人生，用自己的方式，為這個世界帶來美好的變革。

施禮賢 Sunny
香港兒童基金會主席

導讀：探索人生八大範疇的啟示

從古至今，人們一直對於人生意義和目標的探索從未停歇。作為一名年輕女企業家，我已經踏上了一條充滿挑戰和機遇的道路。你深知，在這個快速變化的世界中取得成功，需不斷學習、成長、思考，並達到生活的平衡。

因此，我決定將我過去十幾年經歷的人生哲學和智慧注入一本書中，並以人生八大範疇作為切入點，帶領和啟發更多的女性思考人生的不同領域。為什麼選擇這八大範疇？這是一個值得思考的問題。

首先，人生八大範疇包含了我們日常生活中最為重要且影響深遠的方面。這些範疇是：職場創業、理財投資、兩性關係、婚姻家庭、人際關係、個人成長、身心靈、貢獻與夢想。每個範疇都涉及到我們的核心價值觀、目標和人生意義。通過探索這些範疇，我們可以全面地思考和規劃自己的人生，實現個人和專業的平衡與成就。

其次，以人生八大範疇作為書籍的結構，有助於我們深入理解每個範疇的重要性和相互關聯。這種綜合性的觀點使我們能夠看到人生的多個面向，並將其融入到自己的思考和行動中。例如，事業與財富範疇可能與身心健康和家庭與人際關係範疇相互關聯，而學習與成長範疇可能對精神與心靈範疇產生影響。這種綜合性的思考方式能夠幫助我們建立

更全面、更有意義的人生。

第三，以女性的視角來探索這些範疇，可以為其他女性提供具體的指導和啟發。希望通過我的故事經歷和洞見，可以激勵其他女性在這些領域追求成功和幸福。

最後，這本書不僅是一個女性的指南，也是一本探索人生意義的指南。人生八大範疇是普遍存在於每個人生命中的，無論性別、年齡或職業。這本書的內容將涵蓋廣泛，不僅僅局限於女性讀者，而是為所有渴望在人生中找到意義和方向的人提供啟發和指引，並將成為一個啟發讀者思考、行動和改變的指南，幫助大家在人生的旅程中找到平衡、成長和幸福。

無論你是一位年輕女企業家、一位尋找人生方向的大學生、一位事業有成的專業人士，還是一位關注自己身心健康的母親，這本書都將陪伴你一起共同探索人生八大範疇的旅程中，我們相信你將找到屬於自己的答案，並成為一位啟發他人的領航者。讓我們一起開始這段令人期待的旅程吧！

Ms Why

開創業 Chapter 1

有人話創業要趁後生，
又有人話創業前最好先打
工累積經驗，究竟我應唔
應該創業？

問：我是位大學生，將於今年畢業，應否創業？

答：這個問題沒有絕對的答案，我會建議你思考一下，你是否適合成為創業家。像我早於中學開始便創業，並於大學 Year 1 Quit U 全程投入，因為我發現自己的性格的確很適合創業，結果亦確實如此。

老實說，創業之路的考驗會比打工或投資多，亦要看天時、地利人和，並不是每個人都適合。不是每個人都希望一輩子都在打工，你可以瞭解你的性格與及創業家特質的需要，考慮這是否是最適合你的路徑。

創業最需要擁有承擔壓力和風險的能力。創業過程中會面臨各種挑戰和困難，包括財務風險、時間壓力、市場競爭等等。

依我看，創業家有以下幾點特質：

風險承受能力：
　　創業通常伴隨著風險，包括財務風險、時間壓力和不確定性。如果你有較高的風險承受能力，並且願意為實現自己的夢想而冒險，創業可能是一個不錯的選擇。

獨立性和自主性：

創業可以讓你擁有更大的獨立性和自主性，你可以自由地制定自己的工作時間和工作方式。如果你對自己的決策有信心，並且希望有更大的掌控權，創業可能適合你。

專業知識和技能：

創業需要具備相應的專業知識和技能，以便成功運營自己的業務。如果你具備這些能力，並且有機會在自己的領域建立自己的品牌和聲譽，那麼創業可能是一個有前景的選擇。

經濟情況：

創業需要資本投資，包括購買設備、租賃場地、雇用員工等。如果你有足夠的財力或者能夠獲得資金支持，那麼創業可能是可行的。然而，如果你的經濟情況有限，則可能需要先打工累積資金或者考慮風險較低的創業方式，如副業或現在很流行的 Slash(斜槓族)。

職業目標和追求：

你的職業目標和追求也是一個重要的考慮因素。如果你渴望創造自己的事業，實現個人成就，那麼創業可能是一個更符合你追求的選擇。然而，如果你更注重穩定的收入和工作安全，打工可能更適合你。

打穩根基 實踐夢想

當你考慮創業，你可以去了解自己的天賦特質，例如透過 MBTI、九型人格、人類圖、彩析等工具，了解你適合個人還是團隊發展，喜歡面對挑戰還是喜歡穩定，或是你喜歡對人還是喜歡自己工作等等。

創業之路並不容易，像我從一間模特兒公司開始，慢慢開始建立起不同的公司。每個階段所要的知識與能力都不一樣，我不敢說創業之路適合每個人，可是我還是很建議你盡情試試。

　　因為在創業的過程中，你會更了解自己，明白如何分配你的能力與資源，以及建立你所需要的人脈與影響力。很多人會擔心資金問題，我認為這是相對最容易解決的，你只需要為自己建立起不同的收入渠道，有了安穩的根基，才能在創業路上恣意飛揚，一步一步實現創業夢。

我適合創業嗎？何時開始是創業的理想時機？

問：我今年 28 歲，工作了幾年，更確定自己喜歡做生意。做生意是我從小的願望，只是我沒有甚麼資金人脈。要怎樣做才能跳出打工生涯，創業為自己而打拼？

答：我也很喜歡創業，創業的過程中，我發現更能了解自己，了解他人，並能夠透過努力而獲得應得的回報。我成長於屋邨，開始時也是沒有資金作太大的投資及創意。幸好我早早出來工作，讓我明白只要願意留意環境所需，小本仍然可以創業，及早為自己的將來奮鬥。

> 要做生意不一定要很多的資本。你只需要觀察、明白市場上有甚麼需求，想辦法為對方創造價值。

小本生利啟發賺錢大智慧

說起創業，我想起了第一次賺錢的經驗，當時可以說是無本生利。以前在屋邨裡，每逢過年都會看到有舞獅來到家的門口，遞上一張「財神」字條，就能收到利是。當時我很好奇，為甚麼人們只需要敲敲門，遞上一紙字，便能得到利是(和裡面的錢)？

這啟發使我帶著表弟表妹們，「照辦煮碗」將利是封剪成紙條，在上面寫上「財神」二字。便帶著他們連群結隊，拿著裝滿「財神」的小籃子，逐家逐戶拍門，大叫「恭喜發財」，遞上財神字條。大人們高高興興的給我們利是，讓小小的我們賺下第一筆小財。

資金不足不是創業的絆腳石

後來在讀書時期，我發現原來可以不需要很多成本，「以物易物」也可以賺錢。那時同學們間流行抽「Yes Card」，一張白卡(普通卡)，只能賣 1 元，而閃卡卻可以賣 15 元。我發現如果用 3 張同學喜歡的明星白卡，換取他手上的閃卡，他會很高興的和我換。而我便能用 3 元的白卡成本，賺取了 15 元，足足 5 倍盈利。這次經驗讓我明白，原來透過觀察他人所需，成本不需太多還是能夠做生意賺錢。

創業初體驗：了解自己的本錢

　　成長後我開了第一間公司，初開始時同樣資金不多，還好我懂得運用身邊的資源。當時我在做模特兒，認識了不少同行與顧客，這些資源才是我開設了一家模特兒公司的資本。當我擁有模特兒朋友的聯絡，與及哪些公司需要模特兒，我便可以從中作出配對，成就我的第一盤生意。

　　所以，要做生意不一定要很多資本。你只需要觀察、明白市場上有甚麼需求，想辦法為對方創造價值，便能起步創業。你可以想看看自己有甚麼長處、優點，以及你身邊的資源，再觀察市場上有甚麼人需要你的能力。如果他人要的價值不是你能力範圍，那你便要更加努力學習、提升，也可以詢問和尋找身邊的可能性。

　　我還有一個小貼士可送給你：你需要為自己創造成功經驗。若你正在工作，毋須急著辭職創業。現今世代有很多人會嘗試副業，除了是給自己安全網，也可以給自己有能力創造成功經驗。創業的過程有很多挑戰，為自己增加成功經驗，讓自己相信你憑著努力可以做到，最終你會得到你想要的。

為何別人的機會、貴人都比我多？

問：你認為創業要具備甚麼能力？怎樣可以更成功創業？

答：創業說難不難，女性創業更加需要有不少的勇氣。這些年的創業經驗，令我明白要創業不是那麼難的事。最重要是保持對世界的好奇心，與及待人真誠地溝通。

虛心好學 無往而不利

生意，源自於你能夠了解世界的供求。中學時讀經濟學的第一課，

就是談論經濟怎樣形成，源自於人類有慾望。當市場上有供求，便產生了經濟。再簡單點，就是當你了解人性，解決到他人的需要，你便能從中獲利，這是社會通行的法則，就算你不打算創業、想打工或投資，也同樣適合。

當你開始創業，你可以從能力許可、手上擁有的資源開始，然後你便要開始把握機會。知識非常重要，而我也曾經因為知識不足，錯過了重要的機會。

把握機會 改變際遇

那些年我擁有了家模特兒公司，因著機緣和李兆基先生交友，能夠獲得不少機會。當時即使我的公司只有幾個人的規模，李先生亦給予機會我入標，讓我公司競投商場的活動，令我很是感激。我覺得李先生就像爺爺一樣，待我們這些後輩很好，當他知道你想要的，而你有能力，便會給予機會。

有一次，他鼓勵我去了解地產事業，覺得我可以在這方面發展。當時的我年紀太小，對知識的認知不足，誤以為地產事業就像樓盤經紀一樣，站在售樓處賣樓，便婉拒了好意。後來才明白原來地產事業有很多專業，與我想像的不一樣，白白錯失了機會。這件事讓我銘記，創業要讓自己盡可能學習更多，也要懂得把握每一個機會。

後來有一次機緣巧合，我跟朋友吃飯，旁邊箱房的客人認識我朋友，便過來打招呼。一聊之下原來他正是金融公司的老闆，我當場問了他很多問題。他見我對行業有興趣，即場問我想不想到他的公司上班。機會就是來得如此突然，當時我覺得自己無甚麼可輸，便即場答應。甚

要做生意不一定要很多的資本。你只需要觀察、明白市場上有甚麼需求，想辦法為對方創造價值。

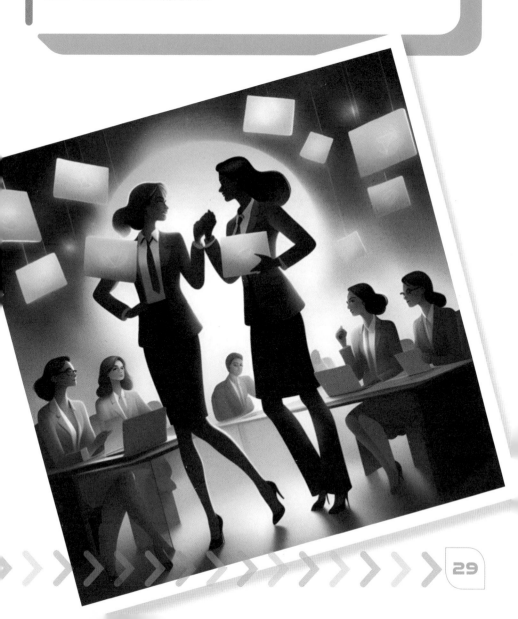

至為了學習更多、賺得最多，並能兼顧我的模特兒公司事業，我選擇不要任何底薪，為我打開了進入投資世界之門。

機會可以來得很突然，關鍵是有沒有做好準備。如果你在思考應否創業，應否把握機會的話，我會奉勸你要趁年輕，還沒有太多枷鎖時盡量去試。年輕的本錢就是時間，賺取的除了金錢還有經驗，還有是你的人脈。

做人做事最要緊一個「誠」字

很多人羨慕我會有不少人脈，連李生、金融公司老闆這些大人物亦給予機會。我覺得是因為我對他們如朋友一樣真誠，跟他們聊天，我會虛心請教，卻不打算要從他們身上獲得甚麼。這些人都喜歡成為他人的貴人，同時也見到太多人，有目的地接近他們，反而只會得不償失。目標，還是留給我們工作時追趕的要緊。

創業的世界裡變化萬千，可是人脈、機會與及風險管理是基礎。幸運是我從事投資這一版塊，使我懂得風險管理，加上人脈和把握機會的心，成功其實不難。

Q04

我適合創業嗎？我要堅持到底還是臨崖勒馬？

問：我創業了一陣子，還在為公司努力中，未有甚麼亮眼成績。家人不斷地要求我放棄回去打工，我應該堅持嗎？

答：創業的路上一點都不容易，要讓不是這「世界」的人理解，明白你的苦況更加難。家人的擔心是很正常，要明白他們也是出自於愛你的心情。創業是選擇走一條與大眾不一樣的路，需要無比的堅定與勇氣，與及有多理解你自己。

> 每一個選擇，我都會收集很多不同的資訊，為自己作最好的決定。

遊戲中養出智慧

世上總有很多無形的規則與枷鎖，有些是你可以打破的，有些則需要你去達到某些高度，成為設定遊戲的人，才有機會打破。我們要知道自己的位置在哪，你手上的籌碼有多少，才作決定。

我很喜歡玩 Poker，在「遊戲」當中，能夠了解他人的思維模式，也考驗智慧、能力和堅定。世界的規則訂了下來，就像遊戲總有它的規則，而你怎樣在既定的規則中，了解甚麼是你可以控制，甚麼需要跟從，就要智慧。這份智慧能幫助你做出最好的抉擇。

成功哲學：不需要成為最好的一個

從中學開始，我習慣走不一樣的路。你可以說我反叛，也可以說我不願意隨波逐流。而每一個選擇，我都會收集很多不同的資訊，為自己作最好的決定。

我是末代會考生，當時我的成績不算太好，由於政府更改教育制度，我的成績結果會有三條路：第一條路是勉強上 A – Level；第二條路是讀文憑課程，最後一條路是重讀 DSE。只有極少數人會選擇重讀

DSE，因為在新制度下需要重讀。然而我認為與經驗不多的人競爭，反而對我上大學的目標更加有利。因為我們這代考過會考，受過公開試的洗禮，競爭力比沒有經歷過公開試的人大得多。

當年為了重讀，我到了一間 Band 5 的學校重讀 (當年仍是將學校分為 5 級制，Band 1 為最優秀，Band 5 都是吊車尾)，我的中學母校本屬於 Band 1，走到一所 Band 5 學校，也惹來身邊朋友奇異目光。可是在這所學校中，我重拾了自信，不需要太努力已經能全班第一，考取不錯的成績。也讓我明瞭了一個道理：無論投資或創業，甚至你在打 Poker，你不需要成為圈子之中最好，能夠贏得某一部份人，就足夠勝利，贏到錢。

打穩根基 實踐夢想 ＞

世界固然有它的規矩，社會的確由金字塔組成，我們未必是最尖端的人，也許無法打破。但我們還是可以找到很多方法，贏得你所需要的。在過程中，我們需要學習、了解遊戲規則、了解自己實力與擁有甚麼資源，規劃好自己的路向，適時檢討策略，留意市場動向……，如此一來，你便有堅持自己選擇的權利。

至於家人的擔憂，我會建議你溝通清楚，並用你的行動證明你的選擇是對的。

Slash 族看似自己是老闆
卻兩頭唔到岸？

問：因為想照顧家庭，亦想發展興趣。我選擇成為一個 Slash，不同類型的工作，好像比單一工作更難兼顧，可以給我些建議嗎？

答：Slash 已經成為了一種趨勢，這是個挺不錯的收入模式，可以平衡自己的工作、興趣和時間。Slash 在我眼中有點像創業開始時，兼顧的事情很多，學習的事情也很多，能探索的可能性和經歷亦非常寶貴。

> 當你成為一個 Slash，你可以獲得不同的機會和彈性，這當然也意味著，你需要高度自律和自我控制。

Multitasking 需要更完善的分配時間

當你成為一個 Slash，面對著不同種類的工作，你可以獲得不同的機會和彈性，不再受朝九晚六的工作框架影響，時間、收入都變得自由。這當然也意味著，你需要高度自律和自我控制，才能有效地安排和管理自己的時間。

我會建議你劃分出不同的時間段，制定一個明確的計劃表或時間表，將每個工作的時間和優先順序排列出來。最好預留著一些時間作為緩衝區，讓你可以安排一些突發事件或優先處理緊要的事情。時間表中，也需要留有自己休息的時間。

很多創業的朋友和 Slash，都忘記需要休息。每個人的休息需求各不相同，了解自己需要多少時間充電，並留有足夠的休息空間，也是非常重要的。工作和生活需要平衡，時間和身體亦是你的一種資源，請好好運用和管理。

和工作的壞習慣說再見

　　另一方面，作為 Slash 除了和自己的溝通 (時間管理) 外，你總需要和不同的單位溝通，了解你自己和他人的個性特質、習慣及工作模式，並訓練自己的溝通能力，才能讓你可以省卻更多時間，有空間做好你不同範疇的工作。這有點像創業後，規模開始大，便需要建立團隊，所需要的人際關係與溝通能力也是一樣。

　　Slash 最大的優勢是彈性，可以無拘無束，有不同的收入。你亦可以把握自己的時間，學習建立被動收入的渠道。同樣 Slash 要學的東西很多，亦會面對很多不穩定與挑戰。及早花一點心思，建立投資等被動收入渠道，會令你的心安穩得多，面對任何挑戰，或突如其來的變化，亦有足夠的心理質素迎刃而解。

　　Slash 是一個不斷學習和成長的過程，很多時和創業沒兩樣。建議你保持開放的心態，不斷追求新的知識和技能，規劃好你將來的目標與路向，與及在各方面例如時間、人脈、學習、收入渠道都保持平衡。壓力自然會少得多，可以好好享受多樣性的 Slash 生活。

女性不擅長管理團隊？或是對管理不感興趣？

問：作為一個女性，我開始有自己的團隊，有時候我覺得很難管理，同事都覺得我過於感性，決策不足，我可以怎樣做？

答：最近我成立了一個全港最年輕女性的獅子會，會中絕大部份都是卓越的女企業家、專業人士和投資者。我發現女性其實很強大，和男性一樣優秀。只是傳統總認為女性的管理不及男性，看不到我們女生的優點而讓我們壓力重重，在創業路、管理路上變得艱難。只要我們發揮出女性的特質，找到適合的人輔助我們，運用整個團隊的力量，我們女性還是可以走得很遠、很快。

> 女性的感受力、共情力、領導力，使得團隊內的溝通變得輕易，朝著同樣的目標進發。

感性更能把握方向、變化和做正確事情的能力

女性的感性，在傳統社會上會覺得是優柔寡斷、感情用事。我承認有時候一些管理工作，男性的理性主導思維，會比較容易做決定。可是一個團隊最重要的是成員，都是有感情、有感受的人。女性的感受力、共情力、領導力，使得團隊內的溝通變得輕易，朝著同樣的目標進發。

要知道大家加入一個團隊一同工作，不外乎為了幾件事：金錢、將來、理想和熱誠。即使做著同一個崗位，每人的目標和意義都可以毫不一樣。作為領導，要了解團隊成員當中為了甚麼而努力，將它的渴望化為動力，才能有效地驅動團隊和同事工作。而且要兼顧不同的性質。例如你總不能要求一個洗碗姐姐對自己清潔的工作，充滿將來的憧憬吧？但你可以讓她了解做好工作可以獲得金錢回報，讓她照顧好家庭，為工作賦予意義。

女領導者柔與韌兼備

女性的細膩，能更容易了解成員目標、動力，讓他們感受到受重視，並為自己的目標努力。女性的領導和激勵，有時候比男性單純給予 KPI、下達指令更為有效。我們應當好好地了解自己的特性，帶領出有力量的女性領導風格。

當然，我們同樣也需要團隊的幫忙。當我們了解到自己的特性，就可以找到可以互補的同事協助管理。沒有哪種性格會比較優越，每種性格特質都有他的優勢與盲點，清楚了解自己，便能找到相應的人幫助，這也是領導者值得留意的管理技巧。

在帶領的過程中，作為女性更能聆聽團隊的心聲，適時作出合適的回應，我們也會比較願意反思，使得整個團隊可以看見問題，快速調整。女性的柔軟特質在商場中也很重要。我希望你能像我們一樣，充分發揮自己的能力，並帶領你的團隊走向更高更遠。

職場女性的普世難題：事業與家庭的拉扯，你如何將人生最大化？

　　問：事業的路上我努力打拼，可是當人生到了另一個階段，我很掙扎應該要為家庭和孩子放棄事業和夢想嗎？

　　答：在職場上，我認為女人和男人的能力各有千秋。女人會面臨更多壓力，包括年齡的限制，這會影響她們的選擇。我不敢為你作選擇，但可以給你一些建議，讓你有更多角度思考。

女人是感性的動物，為了家人、將來，會更有衝勁，願意想更多辦法平衡事業與家庭。

女性的迷思：家庭與事業

女人到了二、三十歲，事業開始有成，總會思考應該要繼續勇敢向前衝，還是願意犧牲為家庭停下來。我看到許多專業人士和女企業家會延遲拍拖、結婚甚至生小孩，以專注於事業。因為她們覺得放棄事業的機會成本實在太大。

然而女人的生理機能亦受時間所限，若你也是一個重視家庭的人，最終還是想要生小朋友，我會建議你不妨想方法，分配好你的事業與家庭，不要讓自己後悔。

真的只能擇一嗎？

事實上我見過有不少成功的女性，她們會將一部份時間照顧家人，平衡生活。儘管她們的發展較男性稍慢，但她們可以體會到家庭帶來的愛和溫暖。這些無形的收穫，會使女性們甘願放慢一點，爭取平衡，也爭取有更有效的工作動力，讓我們獲得美滿的生活。

時間的確是金錢，作為女人感受特別深。如何充分運用時間，建立不同的系統，找到適合的人幫助自己，這些是創業本應就要學懂的技能，身為女性反而更有動力學習得更好。女人是感性的動物，為了家人、將來，會更有衝勁，願意想更多辦法平衡事業與家庭。

所以如果你有煩惱，不妨先從平衡方向考慮。我們都有選擇的權利，既有選擇就有不同的「機會成本」，每個選擇都有後果

(包括不選擇)。如何做一個不會後悔的決定？當你了解選擇背後有甚麼後果，便容易起來。

打穩基礎 享受雙豐收

女人全程投入於事業當中，換來的也許是更大的成就。而不少人的代價卻是到了中年，會覺得忽略了家庭，無法看到孩子的長大，與另一半的溝通慢慢減少，到時後悔便太遲。

如果你還年輕，你可以把握時間，為自己生命各部份做好平衡，例如將學習、投資、事業、人際溝通等基礎打穩，待你需要抽身時就可以已經有安穩的支柱。女性應該明白投資的重要性，這不僅僅是金錢，還包括對生活的各個方面進行投資。

即使你覺得自己已經開始要抉擇家庭還是事業，你也可從這一刻開始，投資你的人生，學習如何平衡好每個範疇。讓你在老年時回望，不會後悔當初的選擇。

為甚麼訂立目標能令你取得成功？

問：常說訂立目標很重要，我應如何訂立目標？

答：要訂立目標之前，我們要確認自己想追求甚麼生活？在課程上常常問大家，想賺錢的舉手，固然很多人舉手。當我再問，你想賺幾錢？有些人開始答不到，亦有些人會亂說一個數字，例如一千萬。為甚麼我知道亂說？因為當你問他，當你賺到這一千萬後，你想要做甚麼？通常都答不出來，我們以為自己想要錢，想要很多東西，卻沒有想過怎樣得到，具體如何發生。

> **慾望使人進步，首先要知道我們真實的想要甚麼。**

訂立目標　尊守 SMART 法則

　　訂立目標實在很重要，那是讓我們面對困難迎難而上、堅持學習的動力。慾望使人進步，首先要知道我們真實的渴求。要量度你的目標是否成功，你可以利用 SMART 法則：

　　S- 具體（Specific）：確定明確、具體的目標。清晰列出你想要達到的結果，在甚麼領域得到怎樣的結果。

　　M- 可衡量（Measurable）：目標需要有可衡量的指標，例如數字、百分比等，方便量度成效。

　　A- 可達成（Achievable）：考慮你現有的資源、能力和限制，確定目標設定在合理和可行的範圍內。目標應該具有一定的挑戰性，但同時也應該是可實現的，以保持你的動力和信心。

　　R- 相關性（Relevant）：目標是你想要的東西，例如你賺錢是想要給家人安穩的生活，那麼你的金額便應該是能令你實踐到給予家人安穩生活的數目，而不是隨便一個你可賺到的數字。這樣才有動力讓你努力付出。

　　T- 時間限制（Time-bound）：如果你要為這個目標加上一個限期，是甚麼時候？特別是很多人剛開始實踐投資項目時，會將收入一部份儲

起，讓自己有資金開始。可是你總不能單純慳錢三年五年，減低你的生活品質。你更值得為自己的目標加上一個限期，給予自己動力不斷努力學習，獲得你想要的。

規劃有效的行動策略

當你訂立明確而可行的目標後，便要規劃好你需要有甚麼知識、經驗、技能，使你能夠達到你的目標，讓你朝著目標進發。目標是你想達到的地方，知識與技能是你達到這地方的方法。例如我在年輕時，會想 21 歲

Smart Goal
-S: specific
-M: measurable
-A: achievable
-R: relevant
-T: time-bound

賺到 1000 萬，我觀察社會現況有甚麼方法賺最多錢，發現投資或地產是最快的途徑，最後選擇通過努力學習投資而獲得目標。

當你有目標，你可以觀察他人是怎樣達到類似目標，向成功人士請教，謙虛學習、堅持不懈，始終都會事成。

另一個建議是，你必須要對你的目標有目的性，也就是說你要朝著你的目標走。例如你向成功人士請教，你要向他了解怎樣可以成功。不是叫你懷著目的接近你的朋友、成功人士，這只會徒勞無功。但你可以向他請教，並分享你的目標，願意為目標學習與奮鬥，用心與謙虛的學習，往往你會吸引更多力量協助你成功。

總結

希望所有的女性在每個年齡段，都有乘風破浪的勇氣，活出最美的自己。

作為女性要做自己喜歡和嚮往的事，尋回覺醒的自我力量，以獨立的姿態去定義自己的人生。

女人的安全感本就該源自於強大的內心，如果說人生有甚麼最重要的東西，那大概就是肆意生活的勇氣吧！

不論順流還是逆風，都要按照自己的步調，隨著自己的心意，用心生活，用力向上。

女孩子最好的保鮮就是不斷進步，最好的風景一定在未知的地方，而最好的生活，就在你每個前行的腳步下。好的生活方式，是和一群志同道合的人，一起奔跑在理想的路上，低頭又堅定的腳步，而抬頭就有清晰的遠方，

挫折回來，又會過去。

跌倒了便再爬起来，失敗了便請繼續努力。

要相信不管自己多麼平凡，都會擁有屬於自己的幸福，願我們善良而堅強，溫柔且獨立。

廢掉一個人最快的方法就是閒著，成就一個人最快的速度就是目標，清晰、重複、堅持、行動，用選擇和努力去驚艷時光。

自我認知與自我欣賞，都是慢慢建立的，獨立女性不僅僅是經濟的獨立，更是自我價值的實現與奔赴，勇敢地選擇自己喜歡的生活方式，當你越來越強大，就越來越能接納自己，越來越相信自己，相信我身上發生的所有事情，最後都會變成好事。

允許自己試錯，你才能擁抱越來越好的結果。

別想著走捷徑，別去急於求成，安穩的走過這個過程，不斷總結成長你才會獲得成功。

女生最大的魅力是不停突破自己的能力上限。

當女人擁有了自己的事業，即使在困頓的生活中，也像是擁有了自己的星辰和大海。

投資

Chapter 2

和你想的不一樣？
錢少，也可以進行投資？

問：我想了解投資，發現不知從何學起。其實投資是否有錢人的玩意，散戶注定了失敗？

答：感恩投資和我結下了不解之緣，也讓我知道，原來平民也可以有機會接觸投資，只是機會需要人創造。

自小培養投資觀念

我出身於一個雙職父母的基層家庭，生活環境不富裕。家人也有投

> 如果能夠有步驟、系統學習、規劃風險，任何人都可以運用投資工具實現目標。

資，就是和大多數人一樣，買股票做散戶，又沒有太多投資知識，不懂得做部署，當然結果大多時賺時蝕，與其說是投資，不如說是賭博。

父母只是普通打工仔，對於經濟學、做生意等完全不在行。不過小時候家人已經教會了我，靠自己的努力便能換錢，獲得自己想要的。當時父母都外出工作，家務便落在我們身上。為了鼓勵我們做家務，每做一件家務便有 2 元。若我的成績考得好，也會有所獎勵。父母的教導令我明白有目標自然有推動力。只要努力，願意付出，便有收穫。

靠「自己投資」令我賺得更多

在我中學時，被選中去一個由保良局主辦的理財營，那是影響我一生的機遇。主辦機構很有心，在場內設置了不同的攤位，模擬人生，我們可以到不同攤位中賺錢。當時我看見很多同學都在不同的職業工作中賺取薪金，而我卻被其中一個投資的攤位吸引了，最後我在攤位中賺了很多錢。這次理財營讓我了解打工的薪金其實是有天花板的，投資則可以賺取無上限的收入。

16 歲踏上投資之路！

因為這次教育營，讓我開始接觸到投資的世界。我從閱讀書本，自學股票開始，16 歲的我問家人借了股票戶口，開始我的投機之旅。到了中學畢業，我便開始低成本創業，並在 year 1 時決心 Quit U 投入創業的世界。後來更把握機會進入投資這一行，明白到投資是種可以學習、有步驟、有技巧，風險完全可管理的領域。只是難在坊間很多人誤以為投資是件危險的事，或是有些人不適合投資。大眾不知道的是，投資的工具有很多，適合不同性格、不同需要的人。例如保險、基金、

股票、期權、加密貨幣，甚至創業......坊間能夠投資的產品有很多。不同的產品，不同的特性，風險大有不同。

成功秘訣學習如何做好規劃

所以當我有能力時，選擇開辦理財 / 投資 / 個人成長的學院 DoRich。投資的世界，的確有些領域因為資金門檻高，比較難進入。如果能夠有步驟、系統學習、規劃風險，任何人都可以運用投資工具實現目標。學習的過程中，有同伴一起同行，效果亦會好得多，我鼓勵任何人若想為自己將來打算，規劃將來時，有投資工具能夠協助，成就目標和夢想。

甚至說起投資，任何人都應該不止投資於金錢，而是投資人生。從我們的工作、家庭、健康、人際、財政、學識，都應該投資，學習如何做好規劃，編織好安全網，有更多的安全感為自己打拼。

不投資就不會蝕錢？
女性投資容易蝕錢？

問：我夢想可以置業，但現在打工，感覺上車遙遙無期，開始想學投資。又聽過很多人說投資很高風險，女人容易感情累輸錢，真的嗎？

答：投資衍生於經濟學，而經濟學是一門了解人性的科學學問。解釋了我們每個人都需要做選擇，也需要為選擇付出相應的「代價」（例如機會成本：選擇了 A，就放棄了其他選擇的權利，有一定代價）。也了解到，人類的本質，就是有慾望，正如我們想要買車買樓、安穩生活、舒適家居等等……Human Wants are Unlimited（人類的慾望是無止境）。慾望使人進步，也使人有動力尋求更多方法，投資便是其中一種。

在現代的社會裡，完全不投資，任由手上的資產貶值，蝕得更加多。

「風險」不應成投資的障礙

投資固然涉及風險，可是生活上每件事都有風險。包括今天你打工、拍不拍拖、小至今天吃些甚麼亦涉及選擇和風險。在現代的社會裡，完全不投資，任由手上的資產貶值，蝕得更加多。

所以問題不是有風險便不做投資，而是怎樣管理好風險，這便是一門可學習、可控制的學問。只是過往投資是有錢人的世界，市面上就算有投資課程，資料也比較零碎，沒有系統可以教人一步一步學習，了解自己的特質去制度應有的投資策略。所以我決心開辦理財課程，讓大眾有系統地學習投資。

男性不一定比較懂投資

　　至於很多人認為投資是男人的世界，女人感情用事會蝕錢，我並不認同。男性相對地會對自己充滿信心，同時也會比較衝動。他們會用自己認為正確的方法先嘗試，有時會以為自己學懂了，蠢蠢欲動入市，缺乏了適時的反思與回應。反而我認為女性會相對比較保守 會慢慢一步步開始做好風險管理，有時更容易獲得好成績。

　　投資是件理性的行為，沒有計劃盲目的投資，是賭博。女性要投資，只需要敢於學習，好好鍛鍊。當她了解清楚自己的個性，明白不同的投資產品與風險，選擇相應的項目，將風險規劃好，就會得心應手。的確有些女生不適合 Day Trade 等需要大量數據研究等項目，你可以將這些項目，找到適合的投資團隊槓桿別人的知識獲利。

投資需要同行者互相鼓勵

　　說起團隊，女性很多時只是信心不足，我會鼓勵你找一班同行者，互相陪伴支持。在學習的過程中，一班人的氛圍，更容易享受學習的過程，推動進步。就像小女生讀書時也喜歡結伴，一起學習、成長進步。盼望讓投資成為你的工具，逐步實現自己的夢想。

女性在投資理財的過程中更具備耐心及長期規劃？

問： 有甚麼心得可以給女性投資？

答：女人要懂得投資，給自己將來做好規劃。女性都相對情感型，投資選擇亦會趨向保守，可以先選擇一些穩健型和保障性的理財產品，為你建立一個安全網。例如保險、基金等風險較低的項目，讓自己有安穩的保障，有足夠的安全感。

你只需要學習控制自己的情緒，鞏固你的投資知識，願意學習及練習，就能獲得相應的回報。

建立你的理財框架

理財的第一步，是建立出你的理財框架，擁有自己的個人資產負債表。你可以列舉自己的收入與支出，將錢分成不同的部份，例如生活開支、教育、玩樂、長期儲蓄、貢獻及投資等項目。如果你收入不高，生活開支也許會佔據你挺大的比例。當你的收入越來越多，生活開支的比例便會減少。了解不同的工具，能讓你因應不同的收入做出決定。2 萬元的收入，與 4 萬元的收入與投資策略可以很不一樣。

開源與截流

要有更多錢，不外乎是開源或截流。我會建議階段性截流，當我們減少開支，生活質素自然會受影響，特別是收入不多時，截流的影響會更大。我建議要為自己定下一個截流的時間限制，並在限時內盡能力提升自己的能力和知識，加快開源速度。

投資看似很難，很多女學生一開始會有所卻步。當你願意以接受和開放的心，給予自信，踏入投資這個門口，勇敢學習與向前，幾乎所有人都有能力駕馭，才發現投資不是那麼難。

你屬於哪一個象限？

賺錢有很多方法，一般來說可以分為四個象限：僱員、自僱、投資及創業。當你是僱員或自僱的形式賺錢，你需要不斷的工作，手停口停，儲蓄的速度往往不及通脹資金貶值的速度，這是大多數香港人的寫照，也令香港人不得不思考怎樣可以給自己一條出路。

當然你可以選擇創業，我也鼓勵人勇敢創業。不過創業講求的是天時、地利、人和，需要多方面配合，要學習的資訊亦非常多，需要很大能量，例如承擔風險、決策解難等等。100 個企業家創業，能夠成功快速賺取第一桶金的人不多。人類的社會裡，亦需要大多數人工作，維持社會運作，創業家亦要承擔創業失敗的風險，不是人人都適合。

投資的回報可能是乘數

四個象限中，投資是無論是何等職業，不分年齡和性別，任何人都適合。你只需要學習控制自己的情緒，鞏固你的投資知識，願意持續學習及鍛鍊，就能獲得相應的回報。僱員及自僱人士，他們的收入是加數，只能一筆一筆儲蓄一樣加上去。創業與投資是乘數，你可以一分耕耘，幾分回報。

女生們，敢於透過投資創建自己的資產，並實踐自己的目標。投資可以為你帶來安全感，只要你願意踏出第一步，並一步一腳印不斷地向前走。

為甚麼在朋友間提及賺錢
計劃，會被大家覺得很
市儈？賺錢唔啱嗎？

問：我想賺錢，每次我說想要更多錢時，總惹來不少奇異目光。難道要賺錢很市儈很錯嗎？

答：現代人常說想賺錢，又怕被說成貪錢，好像賺錢是件市儈、很不要得的事，實在挺荒謬的。

錢並非萬能，沒錢就萬萬不能

香港生活便利，生活需求環境也需要不少金錢維持。在外國，不少

> **賺錢沒有問題，人總需要錢，好好運用錢便能帶來美好的生活。**

人輕輕鬆鬆打份工，過一個不算好也不算壞的生活。可是在香港就要面對種種現實。大部份基層年輕人，連生存都成問題，莫說是生活。

　　人類的本能就擁有慾望，有誰不希望過更好的生活，成家立業，為自己的下一代做打算？在香港這個地方，很多人在出來社會工作很多年後，甚至踏入婚姻的階段，才意識到自己的收入與想要的生活距離極遠。隨波逐流的生活，使很多年輕人，甚至人到中年還為三餐住屋這些基本生存而煩惱，這就是錢的重要性。

追求錢才是硬道理

　　沒有人不喜歡錢，正確來說，我們需要錢背後為我們帶來的意義。錢本來是中性，就像以前的人以物易物，錢只不過是工具，讓我們獲得想要的一切，過想要的人生。很多人誤會了追求錢的人很市儈，抱著錢不放，也覺得人會為錢而不擇手段。這全都是人們不理解錢的意義。

　　追求錢沒有問題，因為生活中幾乎所有的東西都跟錢掛鉤。衣食住行、吃喝玩樂、供書教學也與錢有關。難道我們還可以像以前一樣，放孩子去樓下公園任由他們自己長大嗎？

賺錢同時也賺友誼與幸福

　　很多人會想追求夢想和興趣、或是自由自在於城市之間遊歷，這同樣需要基本的安全網，以及一定的資金支持。每個人都離不開錢，賺錢是為了滿足需求、提升生活品質、實現個人目標和追求幸福。喜歡錢，是喜歡錢背後為我們帶來的意義，錢只是一種工具去為人們實踐人生的意義和夢想。

　　人們覺得錢「邪惡」，只是道聽途說覺得賺錢的人不擇手段。這實在是被電視劇荼毒得太多。我認識真正的有錢人，都是謙遜有禮，博學多才，亦願意成為他人的貴人。他們有錢，是因為他們願意為社會付出，將自己的能力貢獻出來。使得更多有能力的人願意追隨他們，為他們工作，與他們合作。

　　說到底，賺錢沒有問題，人總需要錢，好好運用錢便能帶來美好的生活。

總結

1. 投資自己的健康

健康是人生最重要的資本，沒有健康，一切都是空談。 女生要愛惜自己的身體，注意飲食營養，適當運動鍛鍊，保持良好的作息習慣，預防疾病和老化。保持心情愉快，擁有一個健康的身體是我們這輩子最大的財富。

2. 投資自己的形象

你的個人形象如同你的名片，別人看到你的形象，就知道你是個甚麼樣的人。有時候一個好的形象真的可以改變你的命運，在這個重視形象的社會裡，好的圖像是會為你加分。所以投資自己形象吧，去學習穿搭技巧，去保養自己的肌膚，做個形像美麗的女性。一張乾淨清爽的臉龐一個體態挺拔的身形就是自己行走的名片，你值得更好的。

3. 投資自己的知識與格局

讀萬卷書不如行萬里路。 一個女人的見識和格局，決定了她未來可以走多遠。而想要增加見識，就需要多讀書，多旅行，多去經歷，而不是

道聽途說，人云亦云。 想要提升自己的格局，就要學會為人處世，知世故而不世故，磨練自己的情緒智商和說話的藝術。有見識的女人，不會沉迷在無效社交和無效娛樂上，而是花時間花錢投資和豐富自己的精神世界。

4. 投資自己的技能

提升賺錢的能力在女人的世界裡，除了家庭的柴米油鹽外，還需要投資自己的大腦，增加自己的智慧和技能，提升賺錢能力。賺錢可以治癒一切矯情，你的包包決定你的口袋。 擁有賺錢能力的女人，才有生活的底氣。她們既可以賺錢自花，又可以貌美如花，有數之不盡的權利。投資自己的頭腦，無論生活機會如何，都可以安之若素。投資自己的智慧，人生永遠多一份抗風險的能力。

5. 投資自己強大的內心

身為女人，必須懂得修練自己，強大自己的內心才是王道。人只有自己變強大了，身邊的破事糟心事才會變少，那些你看不慣看不順眼的人事物才會真正礙不著你，影響不了你的心情。學會投資自己的心，努力提升自我，不斷精進自己的心性人格，讓內心變得圓滿強大起來，這樣人生路上才能更好走一些，自己整個人也能活得更開心暢快一些。

謝絕窮忙

~ 90 後女生逆轉人生 ~

人 Relationship 際 關 係
Chapter 3

關係 Chapter 3

Q13

想擴張人脈，如何能提高
自己的社交圈，進入比較
高的上流階級圈呢？

問：日復日地忙於工作，還是只能原地踏步。我可以怎樣結識更優
質的朋友，打入上流圈子？

答：如果你一開始打算結識上流社會的人，讓你生活無憂，我只能
說這樣想從一開始錯了方向。上流的圈子的確喜歡交流，我認識的很多
有質素的朋友，從不在乎你的出身或背景。可是要結識優質的人，先要
讓自己有對應得起的知識、涵養與能力。

> 有共同興趣的、價值觀相符的，自然會走到一起多交流，慢慢成為朋友。上流社會也一樣。

交友心態決定你交甚麼朋友

我也是在屋邨長大，慢慢地認識不少上流社會人士，明白到越上層的人，越是謙卑，越是對身邊的人支持和鼓勵，哪怕你在宴會中協助，他們還是會與你聊天，甚至跟你做朋友。

物以類聚，人以群分。就像你會找話題相同的人做朋友，有共同興趣的、價值觀相符的，自然會走到一起多交流，慢慢成為朋友。這是通行的法則，在任何圈子都一樣。分別是越有能力的人，他可以待你很好，很友善，不過亦因為他見過的人太多，你靠近他是為了目的，還是純粹想與他交流，以及做朋友，他們自然會知道。

價值觀相符才走得更長久

像我也能夠因緣際會，與香港曾經的首富李先生共事過，後來亦被他邀請同枱吃飯。那時候我剛準備入大學，透過模特兒公司，於李先生的宴會活動中工作。他們看見我能力不錯，便點名常常在活動中協助，成為我當時一份挺重要的兼職，影響我很多。

在與李先生共事，不止令我有不錯的薪水，更讓我能近距離了解他們最上流人士的話題，當時我聽不懂，就會努力回家研究，希望能有一天可以聽懂他們的話，了解他們的世界。直至後來，因為經常幫忙，有些小宴會李先生與賓客們也不會將我們當外人，邀請我一起同枱用餐。也許因為我願意一直了解他們的世界，一直不斷學習，讓我們能夠平等如朋友一樣交流，也算是成為了朋友。在我考入大學時，李先生更送了我一支鋼筆，祝福我入學順利，至今想起仍然很感動。

謹記 'Be、Do、Have' 原則助你終極實現目標

上流社會的人，就是這樣用心交友。他們不介意你的背景，而在意是你是否真誠交流，還是另有動機。再來是你的能量、涵養是否能與他們同樣頻率，你是否足夠優秀能與他們自信地交流。

若你想擁有任何東西，例如你想要有上流社會的人脈圈子，那很簡單：Be、Do、Have。想像你成為他們的一份子，學習他們的思維、特質、價值觀，做他們會做的事。當有天你遇上這些上流圈子的人，自然會受你的談吐舉止、思維所吸引，並成為你的貴人協助你。

Q14

如何充實自我，輕鬆拓展社交圈？如何可以得到另一半的支持？

問：我算是有事業心的人，也想認識更多成功的朋友。我該怎樣做才能擴闊圈子？而我的另一半不太鼓勵我認識新朋友，可以怎麼辦？

答：對我來說，我認為成功的女性，在人生各方面，例如家庭、伴侶、社交、生活、事業、財富、健康，都可以平衡並取得理想的結果，能夠兼顧人生不同範疇。

> **在有共同興趣圈子的氛圍下，關係會變得更加緊密和持久。**

合得來關鍵：擁有共同興趣

很多女生告訴我擴闊圈子很難。平日工作總是對著同一班人，嘗試過不同方法，卻不容易找到個志趣相投的。香港人的空閒時間已經不多，想開闊眼界、擴闊社交圈子是人之常情，更要懂得有效處理。

朋友在一起時你會感到溫暖、舒適，大家可以聊著同共話題，互相成長和鼓勵。在有共同興趣圈子的氛圍下，關係會變得更加緊密和持久。我建議你可以先參加一些喜歡的興趣班，為你自己建立興趣，照顧自己的需要，亦可以結識志同道合的朋友。

我也有從事教學，在我所建立的課程中，很著重建立小組，互相勉勵、成長，共同學習。女生都需要陪伴，我們都著重情感交流。在學習的過程中，若有人相伴，真的可以大大進步，而且更能結識到更多朋友和圈子，大家有著相同目標、志向，一起學習便有相同話題，在知識層面和交友層面也可以共同滿足。

而你提到過往的另一半未必支持你結識朋友，在此我會提醒女生們，要找一個能夠支持、包容你的另一半很重要。香港社會發展這麼久，還是會受傳統華人社會的想法：「女人不可拋頭露面」所困擾。

沒有安全感的愛情，障礙擴闊社交圈

　　特別是我們這些做生意的，總需要應酬，生意是談出來的，要在輕鬆舒適的環境裡，才能溝通出更多可能性。在與不同的人交往中，我們可以獲得更多資訊、知識、可能、機會。想事業上有貴人幫助，也得經常與人交往，給予對方了解自己的個性、價值觀，貴人才會加以支持。

　　可是我常聽到不少正在發展的女企業家被另一半投訴，使兩性關係很不和諧。已經有另一半的，或者需要有非常充足的溝通，讓對方了解自己的想法，平衡兩性關係（甚至家庭）的需要。

　　未有另一半的，我則非常建議想要努力發展的女生們，找一個願意理解你、包容你，最好有著共同志向的人交往，因為不止成功的男人背後有個優秀的女人；成功的女人背後，往往身邊有個懂得包容的男人。

Q15

由相遇到成為朋友，要怎樣才能維持好一段友誼直到永遠？

問：我認為自己是個很重情的人。人越大，發現某些朋友開始沒有話題，無法再好像以往一樣好，令我很內疚。面對漸行漸遠的朋友，我該如何是好？

答：女人都是重情的動物。人生路上，我們會遇見很多人，朋友的陪伴讓我們擁有快樂時光。朋友在我生命，從讀書年代已非常重要，甚至有些舊朋友已經無法再見面，她還是影響了很多。我現在的生意伙伴，不少都是我認識已久的好朋友。能夠和好友一起打拼，彼此已經足夠了解、也信任對方，工作起來真的會更得心應手。

不適合的人，毋須爭吵、毋須絕交，微笑地慢慢疏遠，你才有空間花時間心神，給你重要的朋友。

友情如愛情勉強無幸福

可是在成長路上，各自經歷不同。有些人只能成為生命中的過客。朋友的交往和拍拖一樣，講求的是雙方能否同頻，在同一層面上，彼此溫暖著對方。

如果不能的，就如拍拖也可以分手一樣，慢慢疏遠也是正常不過的事，實在不需要內疚。假如大家之間有不一樣的看法，我非常不建議責備對方或吵架，這只會無補於事。大家不適合，沒有共同話題，甚至不同意對方的觀點，微笑帶過便好。女人要懂得優雅地放手，友誼關係也一樣。

健康的友誼就像食物，是滋養自己的營養。倘若對自己有害了，友誼變成我們的煩惱，將自己的能量拉低了，還是會影響自己的。

放負的人消耗你的不只是「時間」

　　還有一類朋友，無論你對他們是否有多深厚的感情，我仍是會建議你懂得疏遠。那就是只懂向你放負、整天埋怨的人。每個人都有難過的時候，偶然跟朋友吐苦水，互相支持非常重要。有時候當朋友跟我訴苦，我也會問他，是想要傾訴，還是想要解決辦法。如果他只想要傾訴，就默默接收和應就好。若他想要解決問題，我也願意給予中立的意見。

　　可是總有一種人，以朋友自居，捆綁著要求你當情緒垃圾桶，聽他們說別人的不是。既不想解決問題，也不想你給予甚麼意見。每次都是圍繞同一類事件呼天怨地，猶如一隻情緒吸血鬼。人的時間有限，無了期陪伴這類人，只會被對方影響了情緒，這就不是健康的友誼了。

　　也許每個人心裡都會有把尺，關係的深淺，會讓你取決願意花多少時間於對方身上，這是正常不過的事。在成年人的世界，我們只做篩選，不做教育。不適合的人，毋須爭吵、毋須絕交，微笑地慢慢疏遠，你才有空間花時間心神，給你重要的朋友。

總結

你的社交，就是你最好的鏡子。

「只有在人群之中，才能認識自己。」

關係，就是一面最好的鏡子。

我們所交好的人，其實都有著和自己相近的特質。

人們更傾向於和那些個性、觀念與自己相似的人待在一起，以此來抱團取暖、相互依靠。

而圈子是一面鏡子，映照出了每個人未曾覺知的一面。社交圈，就是你的人生縮影。

每個人的社交關係，說到底都是由自己量身訂做。你若貪圖安逸，就會一直被平庸的人所環繞；你若心向陽光，奮發上進，自會有傑出的人向你靠近。想要得到一樣東西，最好的方法是讓自己配得上它。

好的圈子會滋養人，好的氛圍會培養人。
你所處的圈子其實就是你人生的世界，也代表了你的美感和生活層次。

願在往後的日子 你能沉澱自己，深耕自己，尋找同趣相樂，同頻共振的人。

關係

▶Chapter 4

搵男朋友真係咁難？
怎樣可以結識理想對象？

問：我單身了很久，嘗試過不同方法識人，還是無辦法交到男朋友，怎麼辦？

答：在這21世紀，要認識異性的方法很多。一些興趣班、朋友介紹、不同的社交圈子，例如慈善組織、商會組織，甚至 Dating App 也是可行的方法，讓你擴闊社交圈子。對於比較內向的女生，我會建議可以多參加慈善義工活動或興趣小組，能讓你更容易接觸到更多異性，增加發展機會。

交不到男朋友的原因，是因為你們都選擇單身。

內涵可以當成你的資產

　　人總想找到最完美的白馬王子，同時亦要知道自己的條件是否配得起。當然所謂「條件」，每個人眼中也不一樣。就如我常說的 Be、Do、Have，你想要找甚麼人，便要讓你自己能成為同樣匹配的人。例如你想追求深度、有內涵，你便得讓自己成為深度、有內涵的人。所謂「門當戶對」，也就是這個意思。

　　當然，投資感情比投資搵錢的難度高得多。始終每個人的特性不一樣，並沒有必勝的法則。相對理財和投資會有既定的框架與方程式，「錢搵錢」。要做到平穩地做到資產增值，並不是太困難的事。

多了解男人決定你有多幸福

　　而確實，能賺錢的女人都比較有底氣，女值得投資腦袋，同步投資感情。感情和投資一樣，需要經歷學習、了解、練習，才能找到最適合自己的人。有風險不應該逃避風險，而是了解風險，管理風險。感情事也一樣，當你對男人了解越多，你的風險便會越低。

　　放心勇敢踏出這一步吧，你會發現踏出這一步能讓你的世界海闊天空。

Q17

我喜歡著他，
如何讓他喜歡我？

問：我暗戀他很久了，應該表白嗎？

答：雖然不是特別的不簡單，但也絕對沒有你想像中的那麼難。深度喜歡的本質，是一個人在你眼中，看到了更好的自己。他認為和你在一起，會等待著未來的每一天。所以說，深度喜歡的關鍵字是：「渴望」。如何去建構這種「渴望」呢？很多人的第一個反應是從外形條件入手，想讓自己更漂亮一點，覺得這樣能留住對方。其實在一段長期關係裡，樣貌並不是最重要的因素。這個世界上總會有比你更漂亮、身材更好的人出現。樣貌只是軟性的價值，隨著時間的流逝，是越來越貶值的。

> 增加自己的價值，讓對方持續對你的渴望，關係會更加長久。

我認為他人對你產生渴望，主要有以下三點：

第一點：化學反應。兩人能否「通電」，先決條件是你們之間一開始的化學反應，能不能給彼此心動的感覺。女生一定要明白，建立一段關係，你的目的不是因為你見到一個人：對你很好、甚麼都聽你的，甚至無微不至的照顧你。建立關係的目標是為了自己能獲得幸福。而所有人會願意建立關係，也是看到了對方身上的價值。人都是利己的。如果有人一開始時對你很好，後來卻不再願意付出。是因為他從你這裡已經感受不到繼續在一起有幸福的可能性，才收回了對你的投入。

所以女生不用妄自菲薄，認為自己配不上對方。反而增加自己的價值，讓對方持續的對你渴望，關係會更加長久。

第二點：是你能不能滿足他一部分的「自戀需求」。一個人的情緒表達、渴望、恐懼等，那些內在的無法直接顯現的東西，如果你能看見，他就會逐漸對你產生依賴。你要給他這一部分的情緒價值，就能讓一個人對你產生迷戀。你懂他需要甚麼、想要甚麼，並且能夠提供給他，他基本上是跑不掉的。

第三點：也是最關鍵的一點。要讓他感受到自我存在的價值。感受到你的存在，也要他產生不可控和失去感。當他想依賴你，忍不住的去琢磨你的想法，牽動到他的情緒。令他覺得你好像很愛他，但好像又隨時可以失去他。這樣他便會完全被你拿捏住了。

人永遠是自戀的，內心的慾望會去追逐無法被掌控的東西。任何階層的人，都有屬於自己的煩惱，因為慾望得到完全滿足，就會倦怠。所以為甚麼我們總是強調，關係裡大部分的問題，都脫離不了自我成長的路徑。在感情裡保持 30% 的神秘感，能讓關係更長久，也是這個道理。

這也是只有你越來越好，感情才會越來越好。

他，喜歡我嗎？
如何讓男人更愛自己？

問：我和我的男朋友已經交往了幾年，希望這段關係能長久下去。可是有時我不太明白男朋友想甚麼，他會說我對他不夠信任，怎麼辦？

答：所有的指責，其實心底裡都是對他的不信任，或人品、或能力、或性格、或習慣……，女人總會有想指責另一半的時候。

在兩性關係中，關係的破裂，往往就是從女人的埋怨、輕視開始。

可是知道嗎？男人也會有想要被你認可的時候。其實男人也需要安全感，被理解、被信任、被認同。男人真正喜歡的，絕對不是年輕漂亮的花瓶，作為女性要知道男性的情感需求，他們真正的需要是甚麼。

悟透以下四點你便贏了！

一個男人，但凡他有點社會閱歷，他要考慮的東西不可能只是外在價值這麼簡單。以下四點是男人在兩性關係裡最重視的，悟透了，就能把他們拿捏得緊。

第一：吸引力

我常聽身邊很多朋友說，和老婆結婚這麼多年了，感覺都已經像親人，也像兄弟同住一樣了。聽起來雖然像玩笑，其實確實暴露出兩性關係，雙方缺少了吸引力的問題。 想想看，為甚麼有些人談了十年八年的戀愛還不結婚？

是不夠愛嗎？當然不是。說穿了就是你對他的吸引力不足，讓他沒有那種「非你不可，一定要跟你結婚」的衝動。相信你們剛開始關係時，覺得對方很吸引。可是根據愛情的「費希納定律」，戀愛久了，雙方亦只一直做出相同的愛情行動，就會對愛的感覺會越來越弱。回想對方第一次送花給你，你會很激動。可是送多了你便會覺得他在敷衍，因為你也失去了那份臉紅心跳的感覺。所以，當關係有倦怠感，便要想辦法提升自己在這段關係中的價值了。

第二：認同感

人都是群居動物，追求認同感是我們的天性。對男人來說，另一半的認同感是非常重要的，能刺激出他們的激情。當男人在家玩手機，家務孩子都不管時，女人很容易會有情緒，脾氣上來便會有所磨擦。可是如果你轉換方法，哄他幫忙，他幫忙時讚讚他，保證比吵架效果好。

男人都是直線思維，你指責他，他覺得做了不如不做，反正都是挨罵。但如果你去認可他的行為，就算他做得真的不夠好，你也可以先讚讚他，把他情緒調動起來，這樣他接受批評的時候也會更容易接受。

第三：舒適感

甚麼是舒適感呢？就是我跟你在一起的時間越久，越覺得舒適放鬆，想要跟你在一起的感覺。要知道有時男人想要的舒適感，和女人不一樣。他們想要陪伴，也需要有自己的空間，不像女人渴望無時無刻在一起。

在兩性關係中，「親密」並不是一個很好的狀態，因為每個人都是獨立的個體，愛情應該是你人生的重要組成部分，而不該是全部。若能在愛情中做到「親密有間」，才是相對舒適的狀態。

最後：安全感

不要覺得女人才要安全感。其實男人都一樣，他們也會怕被拋棄，也會因女朋友不接電話而苦惱，渴望自己能被關心、被重視。只是男人都是要面的，很少用語言和行為來表達自己的需要和不安。經常的冷淡，會很容易讓他覺得你隨時都會離開他，慢慢瓦解掉他對這段感情的堅持。所以安全感是相互的，在一段感情中，彼此努力給對方足夠的安全感，才是對愛情最基本的尊重。

總結

在這個紛雜的世界裡，最特殊又複雜。最豐富多樣又奇妙的兩性關係，它最舒服的存在，不一定要是伴侶，它可能是友誼的延伸，也可能是愛情的昇華，更可能是一種彼此理解、支持和陪伴的關係，即使不是夫妻，也能在彼此的生命中扮演著重要的角色。

相互尊重和信任是建立一段穩定關係的核心。在相處的過程中要學會信任對方，善意揣測，但不輕易產生誤解和猜疑。

最舒服的兩性關係，是在這段關係中，兩人能夠真實地表達自己的情感，包括喜怒哀樂。不再因為外界的眼光而掩飾自己的情感，而是敞開心扉，坦誠地展現出自己的內心世界。

願你的人生，也擁有著幾段相處不累的關係。沒有勾心鬥角，不用互相防備，你知道我的難處，我體諒你的辛苦。即使再有城府，也不會用在彼此身上，能分享你的喜悅，能分擔你的悲傷，能摘下面具，能放下所謂的面子，不算計，不欺騙，不隱瞞，彼此信任，彼此依賴，彼此欣賞。

人生，相遇相知不容易，摯友，相懂相守更是難得。最好的感情是相處

不累，最好的關係是濃淡相宜，最好的朋友是遠近相安，最好的緣份是順其自然！

那個可以讓你卸下偽裝，忘掉心機，放下面子，敞開心扉的人，值得我們珍惜一輩子

謝絕窮忙

~ 90後女生逆轉人生 ~

F a 婚 m 姻 i 家 l 庭 y

Chapter 5

F a m i l y

婚姻

家 庭

Chapter 5

為甚麼要結婚？想想你們的感情還差甚麼？

問：我和男朋友拍拖很多年，感情亦很穩定，覺得現在的狀況很不錯，最近開始討論未來。我擔心婚後的種種事情，也怕婚後要照顧家庭而和他爭執，怎麼辦？

答：很多人會覺得和一個人戀愛久了，自然要踏入婚姻的殿堂。也許我比較早熟，有不少戀愛經驗，使我認知戀愛和婚姻所找的對象未必一樣。我會建議享受這份感情的同時，想清楚戀愛和結婚是否同一個人，又是否真的需要婚姻的保障。

> 　　兩個人無論有沒有結婚，雙方關係的建立都在於溝通相處，而不是法律。

一紙婚書不會是增長感情的捷徑

　　戀愛講求的是感覺，兩個人在一起有 Feel 就可以。婚姻則涉及雙方的家人，是兩個家庭的事，更加要面對柴米油鹽這些現實，所以婚姻的對象需要的是講求保障，一紙婚書的意義也在這裡。

　　如果你沒有打算生小朋友，也許你未必需要結婚。結婚的意義，在於法律上保障你當有一天遇上任何事情，例如雙方感情轉淡要分開，亦有經濟保障，確保孩子有足夠成長條件。

　　有很多人會以為，結了婚後伴侶會對自己更好，雙方關係更密切。其實一張紙又怎會可以束縛著感情呢？兩個人無論有沒有結婚，關係都建立於溝通相處，而不是法律。現在 21 世紀，男女都不一定要結婚，不要被傳統枷鎖令自己動彈不得，除非你想生孩子，要有法律上的保障。

婚姻要順利更必須「好好自己賺錢」

說到結婚的疑慮，不少人會覺得婚後需要靠丈夫賺錢，特別如果想生小朋友，要留有時間、心力照顧家庭。我鼓勵你無論是否想結婚，也要經濟獨立，有自己的收入來源。

我見過很多女性，結婚後將重心放在家庭上，特別是生孩子後。我也是兩個孩子的媽媽，非常明白照顧孩子的壓力，而且女性一向亦會較注重家庭，有了家庭自然想做好妻子、媽媽的角色。

可是相信我，能夠有自己賺錢的方法，有自己經濟實力，也是維繫雙方感情的其中一條支柱。婚後想要繼續衝事業，還是回歸家庭是個人選擇。即使想要以家庭為重，也該找與自己性格天賦相合，做得比較輕鬆的副業，或是早早學習投資，為自己創造更多收入渠道，才是令自己輕鬆照顧家庭的好方法。

男人都喜歡有自信的女人，當你擁有經濟營生能力，就不需要聽命於另一半，看他的面色做人，你才能夠展現自己魅力，也站在平等的位置上溝通，兩人的關係亦會歷久常新，走得更遠。

「有仔趁嫩生」？仍然在為事業奮鬥談何容易？

問：結婚兩年，我和丈夫還猶豫要不要小朋友，感覺壓力很大，有甚麼建議？

答：會問要不要生小朋友的你，相信也有想像過組織家庭時，被孩子抱著叫媽媽的溫馨模樣。不少女性都嚮往家庭生活，陪伴兒女成長。卻步的原因，只是源於覺得怕生孩子是種責任，負擔不起養育的壓力。

你需要真的好好思考，到底不想生孩子，是因為責任和壓力，還是由始至終根本不喜歡小朋友？

女性「不生」沒那麼簡單？

當你考慮身邊很多女性也告訴我，即使結了婚，不打算生小朋友，覺得孩子是種負擔，自己一個，或是二人世界有多好。有時間不如多為自己的事業衝刺，多奮鬥幾年。可是當年紀漸大，甚至過了生育年齡後，很多人卻開始後悔。

尤其我們不得不承認，男性的生育年齡比女性長得多。女性有著先天限制，「有仔趁嫩生」始終是事實。很多專業女性在年輕時拼搏事業，有美好的前景，或者亦有不錯的伴侶關係，不打算生育，覺得放棄工作的機會成本很大。可是歲月過去，到 40、50 歲時，一早過了生育年齡，才想踏入人生另一個人生階段，渴望有個家與和自己血脈相連的下一代。眼見身邊的人都有孩子陪伴，自己卻孤身一人，那時後悔已經大遲。

還在煩惱的你，需要真的好好思考，到底不想生孩子，是因為責任和壓力，還是由始至終根本不喜歡小朋友？如果是後者，你根本不會問這問題了。你只是擔心經濟壓力和時間。

「備孕」要提早賺錢計劃

在香港要養育孩子的確不容易，像我給一個兒子每月學習不同的興趣班，也已經 5 位數字，那些年說的 400 萬養一個小朋友，今時今日已經不可能。不過要有足夠的經濟能力養小朋友其實不難，只要你做對一件事：及早規劃。

從現在開始，假如你想生兒育女，你便需要將養育孩子納入成為其中一個人生目標，建立你的收入計劃。當你有著目標，知道自己需要多少「育兒基金」後，為你的目標學習做好準備，也可以參考我在理財部分的分享。當你懂得做好投資為你的生活規劃時，孩子的煩惱，就只在如何教育他們，讓他們幸福快樂地活著。

確定要當「零小孩」夫婦嗎？

如果你確實不打算生孩子，我建議你需要跟另一半好好溝通清楚。特別是你們現在都有能力生，但再過十年、二十年，你的生育能力會下降，男人卻仍然有生育的可能。男人常說不需要孩子，可是傳宗接待是男人基因上的天性。當他中年後想要了，到時便麻煩了。畢竟我也看到不少例子因此離婚收場。

所以你必須了解清楚另一半是真的討厭小朋友，不想要，還是同樣因為經濟環境等原因，規劃好你們的未來。

經常意見不合！夫妻間教育孩子有分歧怎麼好？教育問題邊個教？

問：我和丈夫生了兩個孩子，一個 3 歲、一個 1 歲。孩子逐漸成長，我和丈夫開始亦出現教育上的意見分歧，有時會因為孩子而爭執，我可以怎麼辦？

答：照顧和教育孩子，其實是一件大事。夫妻之間的生活背景、出生背景、價值觀、世界觀都不同，難免會有看法不一，對教育孩子有不同意見。爭執的源頭，源於意見分歧與情緒交集才會發生爭執。

夫妻間生活背景、出生背景、價值觀、世界觀都不同，建議大家將意見列出，選擇適合孩子個性的教育方式。

不同意見亦有他的好壞。我建議將大家的意見通通列出，選擇適合孩子個性的教育方式才是需要探討的方向，而不是父母各自的主觀意見和想法。

為子女規劃好教育儲備減少爭執

教育孩子的議題，很多時亦會涉及到夫妻間的理財分配。現今的小朋友花費極大，以我大兒子為例，單是讀書和興趣班，每月大概需要2萬，相等於很多人一個月人工。當然我年輕時讀 YMCA 的興趣班長大，一樣可以學得很多。可是如果我想孩子得到優質的教育，看到他有天賦的地方想加以培養，想找一個比較好的老師，往往需要不少資金。

所以夫妻之間對孩子教育的爭論，未必是用甚麼方法，而是你們家庭中的財務規劃，要花多少錢在孩子的照顧、教育身上。多想想有甚麼增長資產的方法，為孩子未來打拼，在發現他有興趣的項目上給他選擇學習的權利，自然孩子成長亦會更有利。

~ 90 後女生逆轉人生 ~

傳統學校 VS 國際學校

　　說起教育，很多朋友也問我，讀國際學校花費很大，但在人脈和學習上能幫助孩子很多，應該怎樣選擇。我覺得必須要選國際學校其實是種謬誤，要讀傳統學校還是國際學校，還是要看孩子的性格特質做決定。

　　現在不少傳統學校，都已經發展啟發式教育。我兒子的性格屬於讀國際學校或是傳統學校也可以的類型。最後我選擇讓他上傳統學校，當然功課要求真的不少，不過我還是見到他很喜歡上學，學習上亦掌握得很好，不覺得因為功課而壓力大。孩子願不願意提升自己，也要看學校和老師有沒有能力用有趣的方式，啟發學生願意學習。

鼓勵小孩早學「兩文三語」

在傳統學校裡，學理基礎打得好，對他將來發展更有幫助。還有一個很重要的原因：國際學校的中文教學始終比較弱，我認識很多讀國際學校的小朋友，連廣東話也說不好，中文字也學得不多，更不要說普通話了。未來的趨勢，兩文三語只會更加重要，語文基礎一定要打得好，將來他才會有更多選擇。

快樂成長才是人生的關鍵

另外，孩子是否願意學習，除了與學校和老師的教學方向，也要看家長如何配合學校。家長在面對孩子在學習上面對的困難和挫折時的應對方法亦很重要。是鼓勵還是責備，也會對孩子很大影響。

孩子將來的路我們管不了，但可以讓他開心快樂成長，為他打好基礎，讓他在未來有更多選擇，才是作為父母可以為下一代盡最大能力的事。

「婚姻痛點」是相處日子久了，「拗撬」便多了，怎麼辦？

問：我和丈夫結婚了數年，開始覺得婚後生活很多繁瑣的生活小事。請問我們該如何保持親密和浪漫？

答：婚姻是一段需要不斷經營的關係，而親密和浪漫正是其中的重要元素。隨著時間的推移，婚姻的關係會隨之演變，最初那股熱烈的愛情，漸漸轉變為一種穩定而親密的親情。然而，這並不意味著婚姻中的親密和浪漫就註定會隨著時間消逝。相反，我們可以通過一系列的努力和行動，來燃起婚姻中的親密和浪漫之火。

溝通是保持婚姻親密和浪漫的關鍵，透過分享彼此的想法和感受，能夠燃起兩人愛情的火花。

願意溝通願意說

首先我認為最重要是溝通。無論在一起多久，溝通也是在關係中扮演非常重要的角色。我建議你可以定期安排時間夫妻二人溝通，分享彼此對生活的看法。特別是你的感受、需要和期望。因為我覺得一個人想分享的心情，是維持長期關係的關鍵。當你們一直願意在對方身上花時間，關注對方、聆聽對方的想法，才會讓關係長期有親密感。

很多有了小朋友的夫妻，都會因為各自忙碌，將關注點放在小朋友身上，溝通的話題都放在孩子與日常生活身上，忽略了曾經的親密和浪漫。所以安排只有兩人的「Dating Time」很重要。能夠讓你們重燃起兩個人的甜蜜感，讓對方也感受到自己的愛和關心，並知道互相珍惜對方。

　　無論有沒有孩子，創造獨有、屬於你們兩人的回憶很重要。你們可以通過一起旅行、參加特別的活動或者共同完成一個目標來創造美好的回憶。這些回憶不僅可以讓我們回味往昔的甜蜜時光，更可以激發出我們對未來的美好期待，從而為婚姻注入新的活力和動力。

　　很多人覺得，婚姻過了一段時間，愛情會變成了親情，然後便會漫漫變淡。那是因為兩人之間少了一份浪漫感而已。所以我覺得兩個人，需要一起探索新事物，找些共同興趣好好探索，一起去創造新的可能。當兩個人不斷創造新的可能，亦更能引發對方的吸引力，讓雙方有更甜蜜浪漫的經歷。

　　最後，兩個人在一起久了，必然會面對很多挑戰和困難時刻，亦會有自己的價值觀和意見。這個時候互相尊重，欣賞對方的付出，多多互相支持勉勵，珍惜對方為自己的付出，便能令婚姻關係歷久彌新，常常感受到甜蜜與浪漫。

總結

女性們請謹記，戀愛的本質是一種「感情」交換，而婚姻的本質是一種「價值」交換。而「價值」是比「感情」高一個維度的東西，談戀愛時候只需要憑感覺就好了，但一旦結婚，決定婚姻能否長遠的，是看兩個人能否彼此持續地給對方「價值」。

選擇愛人，就像是選擇一個可以一輩子搭伴的合夥人。一場各取所需的通力合作，一場合夥創業，兩個人各自付出，共同經營。

結婚，總要有所圖，有人圖他有錢，有人圖他工作體面，有人圖他對我好，有人圖我們彼此靈魂契合，愛情是虛無縹緲的東西，有所圖的婚姻才能夠長久。

我們選擇的合夥人，一定要精神契合，共擔風雨，齊心協力，用創業的心態來經營，家才能夠長久穩定。

我們這一生會遇到很多人，大多數人只是陪伴我們一程，即使是走入婚姻的另一半，也不過就是搭夥陪你走完一段路，這段路或長或短。我們所能做得就是珍惜眼前人，過好在一起的生活。

Development 個人成長
Chapter 6

Development

個 人

成長 Chapter 6

沒人知道生命何時到盡頭，怎樣保持身心健康讓生命健康地延續？

問：如何可以培養樂觀的心態？

答：也許你不相信。我曾經在鬼門關邊緣遊走過，感受到人能夠生存、保持健康，已經值得感恩。

我們從不會知道病魔會在甚麼時候來臨，又是否會帶走我們身邊重要的人。我們能夠做的事，就是努力去維持身心靈的健康，配合著醫生或專業人士的建議：做運動、吃健康的食物、吸收足夠維他命，保持足

十幾歲的我，化療前早便剃光了頭髮，也經歷過化療的痛，明白身體健康是首位。

夠的休息，就是對身體健康負上最好的責任。再忙也好，都要記得花時間做身體檢查。同時要好好照顧自己的情緒，關注自己內在需要。

體內暗藏計時炸彈

我在中學的時候身體挺健康，加入了田徑隊，喜歡運動也經常到處跑，偶然會覺得喘不過氣，但都以為體力不足，是小事，沒有怎樣理會。從沒想過自己會生大病。直至有一次我和朋友到西貢露營，當時我們爬山，只走了一小段路，我便喘不過氣，幾乎不能呼吸。忽然身邊的朋友大吃一驚，原來我當時正流著鼻血，我還說笑不當回事，以為只是體力不足、太累所致。

隨後因為這十幾歲的身體，常常流鼻血，也試過突然不能呼吸。當時我隱約感到頸部有個腫塊，以為是淋巴發炎，一直都沒有理會。經過一段時間都未能痊癒，便聽從家人勸告到醫院檢查，抽血化驗。我還記得檢查後我還如常上學，如一般中學生嘻嘻哈哈、享受青春日子。

才十來歲病魔來了怎樣辦？

　　天意弄人，化驗結果狠狠地打擊了我們一家人：我被診出血癌第四期，癌細胞已經擴散了肺部，必須立即暫時停學做手術，連跟同學朋友打招呼的機會也沒有。

　　治療期間，只有十幾歲的我住在兒童病房裡。每天看到不同孩子進出病房，左邊的是腦癌，漸漸失去自理能力，臉容開始扭曲，再也無法尋回漂亮臉蛋；右邊的是腎癌，病例不多使醫生都束手無策，在病房裡，死神

是來訪的常客，「有入無出」是等閒事，能夠堅持治療，走出病房真的不容易。

樂觀的心是健康的良藥

而當時的我在化療前決定剃光頭髮，保持樂觀的心接受治療。當時很多人問我，為甚麼年紀小小，有能力這樣捱下去。我想因為我懂得將焦點放在「病好」上，而不是認為病有多辛苦、有多難好。再者那時候我有著戰友，大家「同病相連」，會一起唱 Twins，一起看飄零燕，有相伴同行的伙伴，加上堅持的信心，以及感恩的信念，幸運地，在一年後癌指數已經穩定下來，慢慢地康復。

是福不是禍，是禍躲不過。我總相信上天關了一道門，總會為你打開一扇窗。這個病讓我學會了意志堅定，至後來面對任何逆境，任何情況亦能為我打了一支很大的強心針。因為能夠活著，已經是生命中的最重要的一切。

希望每位看到文字的你，都能夠了解健康的重要，保持身體健康，實現你的夢想。

Q24

喜歡買名牌，
有錯嗎？

問：我經常因為扮靚及買名牌，每月都赤字，怎麼辦？

答：愛美是女性的天性，形象相關的開銷是基本的花費。想想看，我們不可能不去電髮、染髮、做指甲，或是不購買化妝品、護膚品和香水；同樣的，衣櫃中也不可能只有一兩套衣服。開銷確實會比男生更多。

> 很多人以為身上穿上了名牌，便能夠打入上流社會的圈子，被他人崇拜，那是謬誤。

從容管理消費分配

然而，即使面臨這些花費，我們仍可以根據個人經濟狀況調整消費，控制開支。女性市場豐富多元，提供各種價位和質量的產品。根據自己的收入，女性可以合理規劃支出；有餘裕時，甚至可以安排小旅行或犒賞自己一個名牌包，以此來悅己。

說起名牌，我並不建議女性購買超出自身經濟能力的奢侈品。很多人以為身上穿上了名牌便能夠打入上流社會的圈子，被他人崇拜，那是謬誤。

炫富不會令你擴闊生活圈

其實真正優秀的人不會因為身上有多少名牌而決定他人的能力。雖然上流社會的人也會購買名牌，但他們購買的原因是真正喜歡那品牌，且經濟能力允許。這類似於我們走進一家服裝店，看到喜歡且合適的衣服就會購買。就像我會走進服裝店裡，看見喜歡的衣服，覺得值便會買。在上流的社會裡，根本不會討論誰今天穿了甚麼牌子，誰又背了甚麼品牌包包，價值幾錢，也不會因某人身上的品牌，而打算與他交友合作。

會這樣想的人，或者都只是同樣想以名牌做貪慕虛榮的工具，不認識也罷。

「六個罐子理論」

當然有時候年尾有了獎金，或是工作忙碌了、做出成績後，買一個喜歡又能力所及的包包挺好的。女人都需要愉悅自己，有喜歡的目標，會加強自己的幹勁，只要不過量，更不要借貸去買奢侈品牌就好。

人生到了某些高度，這些所謂的奢侈品牌是標準配置。例如談生意，穿著得體，會給人留下好印象，只要力所能及就好。與其「投資」在名牌上，倒不如投資於自身的能力與知識，讓自己能達到上流水平的思維，足夠優秀到讓他人都看見你。

我會建議每一個女生都可以在收入規劃中，像「六個罐子理論」一樣，先抑制自己的慾望，將收入某百份比作購買奢侈品牌。若想買更多更好的，給自己規劃目標，賺取更多收入時便能購買。將目標化成動力，一舉兩得。

Q25

面對他人的流言蜚語我應
怎處理？

問：身為女生，我努力打拼，卻得不到應有的回報。亦聽到很多外
間的瘋言瘋語，我該怎麼辦？

答：明明很努力，卻認為你靠關係才能擁有一切，聽到種種污衊、
不堪的評價，的確很氣憤。特別是網絡世界，常常會有很多莫須有的罪
名，很多 Hates 亦會影響自己的心情、工作和情緒。

要成功，心臟需要很強大，承受得起他人的冷嘲熱諷，繼續堅持做你認為對的事。

社交媒體的陷阱

在我創業的年代，當時社交媒體剛剛興起。那時候只要你有點姿色，亦會吸引到不少 followers。那時候我初初經營社交帳號不久，已經有幾萬個 followers。而我身邊亦有不少模特兒朋友，成為了 KOL，享受網絡世界的讚賞。然而當時我已經知道，網絡世界並不是一片美好，面對那些不問情由的 Hates，我也會受到影響。而當時我亦剛創業，需要低調做人，高調做事。因此我做了一個決定，將幾萬人的社交帳戶變成私人帳戶，踏實地走好自己的路。

這段創業之路，我花了十年沉澱。這十年間我的知識、底氣、心理、能力都足夠強大，而我亦覺得自己的 IP(形象) 可以變現，我才選擇更多人認識我，將我的經驗分享出去。

內心強大對憤怒免疫

世界再怎麼進步，對於女性的不友善評價總是無日無之，而且毫無根據。很多時無論你怎樣澄清，如何反對，他們都不會理會。要明白妒忌的人，可以毫無原因地討厭你。所以當你遇上他人惡意批評，記得要將焦點放在如何做好自己身上。相信自己所做的事是對的。

要知道成功的人都是站在高維度上，冷眼看那些沒有意義的嘲笑。要成功，心臟需要很強大，承受得起他人的冷嘲熱諷，繼續堅持做你認為對的事。你要堅持學習、磨練、訓練出自己的實力，運用這些逆境，使你變得更強大，持續以實際的成績與努力，贏取他人的成功和許可。

努力耕耘自有貴人協助

　　當你將焦點放在你的努力，堅持成功的意願後，你會吸引到適合的貴人，進入到優秀的圈子。同時你會發現，成功的人對這些閒言閒語，早已一笑置之。有時一班朋友聚會時，我們還會拿大家最近的話題，說說報紙最近又怎樣討論自己，哈哈一笑當做笑話便算。成功人士的世界裡，抵受不明白自己的瘋言瘋語，是生活的一部份，習慣了就可以一笑置之。

　　另外朋友也是很重要的力量，你可以找身邊的好朋友互相支持。他人嘲諷你，因為他們不明白你付出了多少努力，真正的朋友總會理解你，給你溫暖，讓你有足夠的力量抵禦那些不實的言語。

　　總之，做好自己，學習平常心，你總有一天爬得更遠，跳得更高。

總結

願你眼裡始終有光，臉上不見風霜，提筆能寫，開口能說，有事能辦。不羨慕別人，不嫉妒別人，也不依賴別人，知足且上進，溫柔且堅定。

不浪費時間患得失，也不浪費時間揣摩別人，在謀生路上不放棄良知，謀生路上不放棄尊嚴。

當一個胸懷寬廣，格局夠大，內心不慌亂，遇事不衝動的你，不該認識的人不要認識，對於該放手的人要勇敢說再見。

不被原生家庭牽絆自己的成長，不糾結過去，不畏懼將來。任何事也要

懂得及時止損，向下紮根，向上開花，不負生活，不負自己。

你可以消沉，可以抱怨，甚至可以崩潰，但你要擁有足夠的自癒能力，去成就你理想中的自己。

謝絕窮忙

~ 90 後女生逆轉人生 ~

Spirit 靈性成長
Chapter 7

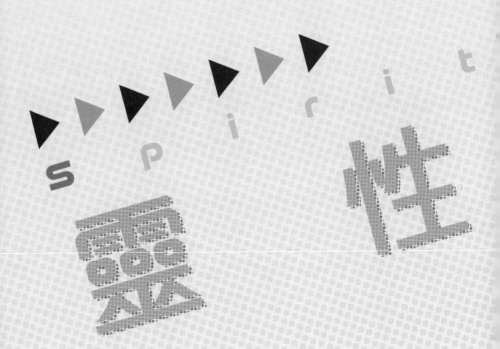

Spirit

靈 性

成長 ▶Chapter 7

Q26

能快速了解一個人可以減少磨擦及衝突，那麼了解一個人有沒有捷徑？有工具可以協助嗎？

問：無論在工作或人際關係上，我似乎總是面臨溝通障礙。有哪些方法或系統可以幫助我快速了解他人？

答：我很喜歡人，也很喜歡心理學。每個人是獨立個體，有自己的想法、焦點、重視的東西。正因為如此，世界才多姿多彩，人與人之間能互補合作。

MBTI 和人類圖這兩個工具，使我們毋須花很多時間學習心理學，跟不同的人打交道，還是能夠理解他人，了解自己，為自己做最好的決定。

人類圖分析與 MBTI 整合

也正因為每個人都是獨一無二的，我們常常難以理解他人的想法，從而導致許多誤會和不悅。例如，可能會因為同事辦事拖延或是伴侶不願陪我逛街等問題感到沮喪。

直到我發現了 MBTI 和人類圖這兩個特別的分析工具，我非常推薦每位朋友都試試看。現在我招聘、擴大團隊也少不免用這兩個系統，成效十分顯著。在我的投資課裡，也會邀請學員做測試，了解性格特質，再制定最適合的投資策略，如此好用的工具，不妨多花時間了解一下。

初接觸人類圖，是因為我媽媽。我們母女的關係不算差，可是我總認為她不明白我。她從事兒童教育工作，我卻總是令她最頭痛。在一位朋友介紹她使用人類圖之後，她驚訝地發現，這工具對我了解得比她多年的相處還要深。因而叫我嘗試了解。

　　深入了解後，發現小小的一張圖表，只需輸入出生年、月、日、時間等資料，能夠解釋了很多連我自己都不為意的特質。為甚麼我在他人眼中好像「三分鐘熱度」，原來是因為我個性喜歡冒險、探索、願意創造。為甚麼我好像「容易生氣」，原來是因為我是個「顯示者」，只需要給我訊息，我自然會發起我需要做的事，而不是要跟從他人的指令（所以創業真的很適合我）。當我不是做自己時，我便會感到無比的生氣，可是他人未必會以生氣表達，而是感到很挫敗。

這個小小的圖，滿載了古老的易經、星座等智慧，並有非常科學的大數據分析支持。從而了解自己、了解對他的天賦特質，非常建議使用。

MBTI 快測你的人格特質

而 MBTI（(16 型人格），則能進一步概括出每個人的核心特質和最適合的應對環境策略。只需做一個簡單測試，回答一些問題，我們便知道自己以及身邊的朋友是內向或是外向、思考偏向情感還是理智，喜歡天馬行空還是需要落地執行細節。可以更深入地了解不同人的性格特質。

除了投資，人最需要學習的就是了解「人」。MBTI 和人類圖這兩個工具，使我們毋須花很多時間學習心理學、跟不同的人打交道，還是能夠理解他人，了解自己，為自己做最好的決定。而且了解他人與自己不同，變得更容易包容他人，關係也越來越好。

Q27

無法離開 Comfort
Zone？
如何在忙碌中學習？

問：我知道進修很重要，可是我的工作實在忙碌，每天回到家已經很累，怎麼辦？

答：城市環境節奏急速，「有返工無放工」已經變作等閒。工作壓力大，會使人減少動力為自己將來打算。正因如此更要問：你想一輩子亦如此營營役役，為他人作嫁衣裳，到老年時回望一切，後悔當初沒有好好為自己作打算嗎？

> 人會為當下做最好的選擇，而選擇背後，便是你將來的人生。

你的選擇，代表你需要付出怎樣的代價！

經濟學中的「機會成本」概念告訴我們，生活中每一個選擇都伴隨著必須的取捨（成本）。如同小時候不喜歡讀書，學生們都只是為了應付考試和升學。很多人用功是因為知道不讀書有後果。（留班或公開試考得不理想，無法升讀心儀大學等。）你的選擇，代表著你需要付出怎樣的代價。所以在選擇之前，了解有甚麼後果亦重要。我們當然可以選擇放棄思考長遠的人生規劃，這樣立即輕鬆不少，代價則是無了期地被老闆壓榨，繼續有返工無放工。

我們也可以選擇先辛苦一點，為自己規劃將來，放棄眼前一點休息、玩樂的時間，為將來付出。如果你的工作實在太忙碌，而且沒有其他收入來支持你的學習興趣，我建議你首先設定清晰的目標並做好計劃，嘗試創建多樣化的收入來源，從而增加自己的選擇餘地。待有餘錢再去學習你的其他興趣。

~ 90 後女生逆轉人生 ~

Comfort Zone 從來都不 Comfort

還記得我有一段間任職金融公司，工作主要撮合公司與公司之間的買盤賣盤。剛開始聆聽客人的需求時，對他們所說的專業名詞完全不懂，我需要花很長時間學習、了解，並努力找到適合的公司促成生意。

在商業世界的投資生意，幾年間也未能「成 deal」很平常。即使如此我還是願意保持學習的心，用心了解客戶的需要，物色最適合的買家。

我之可以如此專心學習並全力以赴地工作，因為我已經擁有多元的收入渠道，這讓我無需擔憂財務問題，能夠為客戶創造更大的價值。那些年所學習的知識，交到的朋友，也讓我的能力更加鞏固，找到更高的舞台發展。

　　我的 Do-Rich 投資學院裡，有不少學生是工作忙碌的打工仔。我曾問他們是甚麼動力，讓他們願意投入時間學習一門不熟悉的學問。令我欣慰的是，他們回答我因為看到了未來的障礙。現在已經夠忙了，再不努力為自己多找出路，將來想離開工作便更難。Comfort Zone 從來都不 Comfort，今天願意多學習一點，為自己籌謀被動收入，才有選擇離開的空間。

　　請記著：人會為當下做最好的選擇，而選擇背後，便是你將來的人生。

所有的經歷都是為了成就更好的自己，我該怎樣將自己能力發揮得最好呢？

問：我只是個普通打工仔，但我相信可以更優秀。然而我該怎樣做，才能更有效將自己的能力發揮得最好？

答：在成人的世界裡，你不必成為最優秀的人，只需要肯用心，比一部份人優秀就可以了。

最好策略：要成功還是要做好最基本條件

第一次考公開試的時候，我不太喜歡讀書，整天和朋友出去玩。結

在成人的世界裡，你不必成為最優秀的人，只需要肯用心，比一部份人優秀就可以了。

果放榜時，身邊的同學欠一兩分哭得呼天搶地，我考得一般還是沒太大感覺。後來我重考第一屆 DSE，輾轉到了一間 Band 5 的學校重讀，才發現原來 Band 1 學校的讀書環境氛圍也很重要。在新學校裡，同學們同樣很乖，卻未是讀書材料。因為我有以前的經驗，讓我發力願意讀書時，很容易便考得全校頭三名。當時我便發現，原來帶著自信學習，願意花時間付出鑽研，始終會有好結果。

那時候成績不錯，我常考第一，也喜歡考試，體會到付出後的回報。當願意花時間，用心鑽研後，獲得好成績的感覺很美好。當時我以為重考 DSE 成績會不錯，能夠成功考取大學。

放榜那天拿到成績單，我在不少科目考取了 5** 及 5* 成績 (最高分級別)。誰知中文科卻只有「2」。而考取大學資格，最少中英文要有「3」級別，意味著即使我其他科考得有多好，我還是無法入大學。

那刻我實在氣憤，撕了成績單頭也不會離開了禮堂。盡力花了時間、心機讀書，考得再好，還是有機會滑鐵盧。當下我明白了，世界自有他的規則，要成功還是要做好最基本條件。你不必成為最好成績的一

個，但最少你要有能力贏一部份的人。而你也只需要贏一小部份人，也讓你有致勝的機會。

成功的法則：了解世界遊戲規則

當然後來我輾轉被浸會大學錄取入讀，Quit U 創業是後話。而我也證明了要了解世界的規則，你才有選擇權，選你喜歡走那特別的路，找到更好的方向。

我的經驗告訴我，無論學歷多少，能力也很重要。人的能力各有不同，當你理解自身性格特質，找對方向，做得只比一部份人好，已經足夠成功。最少投資的世界就是這樣。努力和學習很重要，得花時間鑽研、了解。也不必擔心能力，因為你肯努力，必然會比其他人優秀，你只需要選對了方向（例如共同學習的圈子、主題），便足夠你所需。當你踏出這一步後，你自然擁有自信和資源，一步一步邁向你想要的世界。

　　你擁有的結果，不是因為你的能力，而是你的選擇。為了體驗，我也做過很多不同的行業：樓面、清潔、凍倉等體力工作我也做過，更知道自己不適合、不需要那些工作。這些經驗鼓勵了我，讓我決定選擇一條付出了便有回報的路，學習投資，並經驗教授開去。

　　你的選擇，你的學習，正是會決定將來的人生，你想怎樣選擇呢？

網路上甚麼都有人免費
教，為甚麼還要花錢買
課程？

問：看到網上有很多免費資訊，花錢上課值得嗎？有甚麼課程最值
得花錢學習？

答：知識是無價，坊間很多人卻誤以為知識不值錢。在免費教育，
加上近年盛行免費課程的年代，讓人有錯覺，以為知識隨手就有，不懂
得珍惜。

> 人最貴的是時間，不是錢。

比錢更珍貴的是時間

我很喜歡上課，也樂於交學費。無論課程裡的資訊，是否可以在其他書或網上找到，同樣值得花費上課。因為人最貴的是時間，不是錢。老師吸收了知識教你，讓你省卻了金錢，就是值。要知道網上能夠找到的，只是大堆不知道未經整理的資訊，要學習、了解、融匯貫通需要花很多時間。

在網上教育和免費資訊盛行的年代，資訊爆炸讓很多人需要花上很多倍時間，才能篩選對自己有用的資訊和技能。用心的付費課程平台的老師，往往是消化了種種資訊，經過自己的經驗、實踐，將當中最精華的部份萃取，成為課程內容教予學生。

如果有人覺得花錢上課是騙錢的，那他一定沒有怎樣花錢上課，亦未試過學習後花時間鑽研練習，更沒有將課程中所學習的實踐出來。嘗試過學習並實踐一種學問，便會明白當中需要很多時間、心血、經驗，才能真正掌握一種技能。

所以，我非常建議大家花錢上課，也值得珍惜將經驗奉獻的老師們。而在付費學習的過程中，也是對那些付出了大量時間、心力、經驗的平台與老師們，所給予的認可和信任。信任他們在那個專業範疇領域中，將研習得來的精華和重點，教授予你，為你省卻最大的學習成本，用最有效率、節省最少資源的方法，為你創造最大價值。

如何成為有效率的學習者

至於可以學甚麼？任何有興趣、令生活更好的課程也值得學習。每個人喜歡的都不一樣。我則會建議先將時間花在生活技能的課程。例如投資、理財、性格學、職場溝通、時間管理等。這些課程與人生規劃大有關係，你值得花時間看清自己的目標和夢想，規劃好方向，再看看自己擁有和欠缺甚麼技能，便更加清楚下一步應該學些甚麼。

特別是年輕時，錢未必太多，而時間成本低時，不妨可以看大量資訊學習。可是當到了一定的階段，你的時間成本逐漸增加時，便要想清楚怎樣用錢換時間，找一些優質的學習平台、名師，讓錢為你換取他們消化了的精華，才是最有效的學習方法。

Q 30

好想出走又怕犧牲？
值得去 Working Holiday 嗎？

問： 工作了幾年，事業上可以穩定發展。不過我的心還是想去 Working Holiday，眼看就快「夠鐘」(到達年齡上限)，我應該去申請嗎？

答：我理解你內心的掙扎：一方面想要穩定發展事業，另一方面卻渴望出走，探索不同的世界，體驗外國的文化和生活。這讓你猶豫不決，不知是應該繼續工作還是去體驗 Working Holiday。

> 人生是一場又一場的體驗，不同的環境使生命更有色彩。

生涯規劃：Working Holiday

趁著還年輕，能夠有機會去探索一個未知的世界吧。這種以一兩年時間感受另一個地方的文化、人情，在外地生活的機會非常難得，應該好好把握。現在的你還年輕，起行出走的代價相對地少。

當你年紀再大，成就再多，甚至有天結婚生子了，就再沒有機會了。我非常羨慕那些有過交流或 Working Holiday 經歷的人。像我這樣已有事業和家庭的人，想要暫時放下一切去外國留學，代價是如此之大，以至於我無法選擇這條路。所以我鼓勵你勇敢一試，為自己創造不一樣的經歷與人生。

讓自己的人生衝一次

要知道，遊學或 Working Holiday 打工假期，跟平常去旅行很不一樣。去旅行我們可以見識外地的文化、風土人情，也可以嘗試地道美食，感受一個暫離生活的時候。遊學或 Working Holiday，則是能夠在當地生活。你會在那裡學習他們的語言、風俗習慣和價值觀，融入當地的社

會文化，認識不一樣的朋友、擁有特別的歷程，那份冒險的探索，都是無形的瑰寶，獨一無二的經驗。

在你遊學或 Working Holiday 的過程中，會遇上當地人，或是和你一樣來自世界各地的朋友。你們可以一起探索、一起經歷與冒險，這份珍貴的友誼，也會成為你面對任何挑戰，支持你的力量。而在外地的那份國際視野，同樣能在你回來後，為你的事業加添不少幫助。

你可能會擔心，作為一個女生，長時間獨自在外會讓家人擔憂，並且存在一定的安全風險，因此說服家人讓你獨自生活在外地並不容易。作為家長的我真很明白這份擔憂，因為愛，想到要離開自己一段時間，而且遠遊在地，家人擔心是一定的。在這種情況下，你需要勇敢地與家人進行開放而坦誠的溝通，向他們保證即使身在海外，你也有足夠的能力來保護自己，並承諾會經常與他們保持聯繫，以緩解他們的擔心。

人生是一場又一場的體驗，不同的環境使生命更有色彩，我邀請你敢於選擇，為你自己的人生留下一段獨特而難忘的回憶。

總結

人生最大的修行是自我覺醒，通往自我的路是最艱難的路，而自我覺醒，是人生最大的修行。

生活如同一條靜靜流動的河流，表面風平浪靜，其實暗流湧動。真實的世界不是童話。世界，只有五彩繽紛的美好，更有隨處可見的惡意。

世界從來不是非黑即白，而是善惡並存。

有人一心向善，追求大公無私，也有人作惡多端，只求自私自利；有人胸懷坦蕩，做事光明磊落，也有人心胸狹隘，喜歡兩面三刀；有人溫文爾雅，猶如春風拂面，有人粗俗野蠻，似驟雨突襲。

其實，我們每個人身上也是既有善，也有惡。

我們無法逃避世界的黑暗，去追求世界的完美。唯一能做的就是在看清世界的惡之後，依然「堅定」地擁抱善。

在接納世界的多面性後，「勇敢」地踏上尋找自我的旅程。自我意識的覺醒，從質疑觀念開始。

願你在日後的路上敢於質疑陳舊的觀念，不隨波逐流、人云亦云，學會傾聽自己的聲音，找到屬於自己的答案。

人生路上，總是會出現一些引路人，為我們撥開迷霧，指點迷津。但是無論外人怎麼努力，只有自己覺悟，才會發揮作用。而且沒有人是你永遠的保護傘，也沒有人是你一生的引路人。過度依賴他人，必然過不好自己的人生。

願你能在往後的日子成為自己的擺渡人，自我覺醒，真正的成長。

夢想 Chapter 8

Q31

沒有夢想，很要不得嗎？為甚麼我總是找不到想做的事呢？

問：你有甚麼夢想？生活庸庸碌碌，我不太知道應追尋些甚麼。

答：夢想是很個人的事，每個人都不一樣。不過若你能找到想達成的夢想，就是很大推動力，推動著我們前進。我的投資課裡，很喜歡叫學生填寫找出自己的夢想。當我們問學生：「你有甚麼夢想？」時，不少人都會給予「有錢」、「環遊世界」等等，還未想過有甚麼夢想等。因為你認為它不切實際，不容易實現。不過透過思考夢想的練習，訂立起自己的夢想，與及行動目標後，很多人也能實現夢想，那份喜悅是無法言喻的。

〉〉〉〉〉〉〉〉〉〉〉〉〉〉

透過思考夢想的練習，訂立起自己的夢想，與及行動目標後，很多人也能實現夢想，那份喜悅是無法言喻的。

人生的選擇影響一生 ⟩

我自己的夢想是建立一所孤兒院，為更多的孩子提供愛和關懷。因為我知道，家庭教育對於一個孩子非常重要，幼年時能夠感受到愛，會讓孩子有不同的選擇。這是我的生命中一個很重要、很親的朋友教會我的。

中學時，我有很多好朋友，大家整天一起玩，在同一家補習社裡長大。這班朋友很多直到今天是我的好拍檔、很好的朋友，可是其中一位，卻只能永遠在心中記掛。

她是我的一位 Best Friend，中學時我們一起玩樂，一起經歷高低起跌，在我患病時，她都一直在我身邊，支持著我面對癌魔。有某一個暑假，我們跟著補習社的姐姐回鄉遊玩，一起打麻雀耍樂。誰知分開後第

二天，我收到了來自醫院的電話，不是關於我的病，而是這位朋友很嚴重，要我們立即趕過去。

當時還稚氣未盡的我還未意識到甚麼事，甚至在去醫院探望她的路上，我們還在討論之後要去哪裡玩。趕到醫院後，迎來的卻是她已經離我們而去的消息。

當時的我比得知自己病情更大打擊，整個人崩潰了。當我經歷與死神搏鬥，珍惜著辛苦得來的生命，實在不明白我這親愛的摯友，會對生命有不一樣的選擇。後來才明白，她有很嚴重的

情緒病，導致她有想不開的選擇。而她的情緒鬱結，來自於複雜的家庭背境。

不要看輕夢想的力量

這件事讓我深刻體會到，童年是否感受到愛會深深影響一個人的思想和選擇，甚至決定了他們的人生走向。經歷失去好友後，我總反思自己可以做甚麼。隨著時間的推移，我收到了許多正面的反饋，這些經驗的分享實際上幫助了許多人。這鼓勵我要更多地貢獻自己的力量，積極地散發正能量。我之所以喜歡分享自己的故事，不是為了展示自己的成就，而是希望透過我的經歷影響他人，並為這個世界貢獻更多的愛。

夢想，可以很宏大，也可只是小小的一步。可是若是你能找到你的夢想，你會從心底裡有一種動力，推動著你，面對任何困難而達到成功。所以我鼓勵你，不妨找出你的夢想，規劃出實現夢想的目標之路。

想成為有影響力的人去幫助別人，但如何培養自己的影響力？

問：我的夢想是擁有美好生活，父母家人快樂，偶爾去去旅行已經很好。身邊的人卻鼓勵我要對社會建立影響力，有用嗎？

答：是否想要影響力，這關乎到個人價值觀，也是個人的選擇。而我會覺得如果你有能力，就值得建立起你的領袖魅力與影響力，因為它既能幫你實現夢想，還能為社會帶來不一樣的結果。

> 每個人都想受到重視，也渴望實現夢想。當你擁有一定的影響力時，你的聲音和觀點會更容易被聽取和重視。

用你的影響力影響別人

每個人都想受到重視，也渴望實現夢想。當你擁有一定的影響力時，你的聲音和觀點會更容易被聽取和重視。這對於實現個人目標和追求更高層次的成就很有幫助。例如做生意的人，越大影響力、領導力，更容易贏得客戶的信任，也容易結識到更多生意合作伙伴，取得成功。

當我們的能力到達某一個高度時，自然渴望會有更多影響力，很多人誤以為是沽名釣譽。其實當你有越大的影響力，名和利便會跟著你走。想要影響、感染到更多人的目標，才是讓人賺錢、獲得更多名聲的動力。影響力不會平白到來，你需要有一定能力，安穩好自己的生活，再慢慢建立權力，運用影響力影響別人。

在那夜深的晚上，你會跟朋友談心，希望透過你的安慰，解決他的煩惱。那份滿足感是就算賺幾多錢也無法取代。試想想如果你的能力不止影響你身邊的一個朋友，而是有機會開一場演講，場內 1,000 人受你而感染，從而擁有美好的人生，再影響越來越多人，改變世界，不是件美好的事嗎？

當然，在我覺得力量尚未足夠時，我會選擇低調做好自己。很多人會認為，擁有影響力的壓力會很大，的確當你擁有更大的影響力時，人們對你的期望也會增加。你需要承擔更多的責任，面對更多挑戰。所謂能力越大，影響越大，壓力也越大。不過當你承擔這種挑戰，達成更大的目標，取而代之的滿足感也會更大。成功者都是從壓力而承擔中，獲得他們所需的。

好人好事激勵人

　　如果你的夢想，只著眼於身邊的人，只能影響小部份的人，吸引來幫你的人便有限，你也不需要太多影響力。

　　相反當你的夢想越大，你能影響的人越多，你會發現願意支持和實踐這夢想的人便會越多。因為有能力、有資源的人，沒有興趣幫助你成就自己的夢想，卻非常大興趣協助你完成一些貢獻社會的目標。

　　所以我會建議你將眼光放遠一點，想想你能貢獻些甚麼予社會。當你願意付出，回報就會來到你身邊。影響力也一樣，你對越多人有正面的影響，越多的好人好事，協助你完成自己目標和夢想的力量，也會回彈到你身邊，讓你更幸福快樂。

做慈善實現夢想？如何 通過夢想影響別人？

問：怎樣可以實現夢想？

答：你會這樣問，相信心裡有些夢想，覺得遙不可及吧。錢固然是其中一個可以實現夢想的途徑，所以我們才會努力賺錢，將錢變成有意義的東西，行使金錢價值達到心中的目標。

想要實現夢想，行動、實踐，想想你的夢想與世界的關係，幫助你想幫助的人，並尋找志同道合的人一起貢獻吧。你會成功的。

可是除了錢，世界上還是有很多東西我們想要，需要不同的力量達成的。

不幸經歷啟發再出發

我 14 歲患癌後，感受到生命實在無常。當時很感激紅十字會、願望成真基金與兒童癌病基金的義工，願意上門 1 對 1 教學，使我們這些病童毋須因為停學荒廢學業。感受到的愛，溫暖而幸福，那時候一個簡單的行動，也有強大的力量。

特別是中學時摯友離我而去的經歷，讓我到今天仍很後悔當時沒有給她更多的愛，為她解決煩惱，幻想著如果當時有更大的資源，結局也許不一樣。所以我的夢想，是渴望能多做兒童及年輕人的工作，甚至開一所孤兒院，讓孩子們都同樣感受愛。也希望借由自己的力量，支持更多女孩子明白自己的優勢，鼓勵大家追夢，獲得豐盛的人生。

這不是一個人所能辦到的事。當我開始有能力時，我便知道要達到我的夢想和目標，需要集結一班人的力量，並借助一些機構的資源，共同實現夢想。

推動生命教育貢獻社會

要實現龐大的夢想，你可以將它變作你的目標，思考社會上有甚麼和你一樣。特別是如果你的夢想是跟社會意義有關，你想借由一點一滴的力量改變世界，吸引一班和你有同等志向的人，借力於歷史悠久的慈善組織，一同做慈善，為社會貢獻。

我選擇了創辦一個全女性的獅子會。因為我相信女性都是自帶光環，有著不比男性差的力量。女性會比男性更想兼顧家庭，也會想平衡各方面，甚至需要把握年輕時生子，在職場上面對的壓力亦更大。種種壓力只有女人才會明白，才能更加心連心地互相支持，並一同貢獻。

　　同時我們都需要一個組織的力量，集結不止一個小圈子，而是可以擴散到不同的小圈子，認識更多有資源的人，加快實現夢想的腳步。獅子會是世界上最大的服務性組織之一，它的國際性能帶我們的目標走得更遠，當中認識的人脈、資源以及一樣想貢獻世界的心，會將我們拉近。

　　在服務、做慈善的過程中，也許你的心為世界出發，世界必然回饋於你。我發現當將夢想擴大到怎樣幫到世上更多人，為他們服務時，所有事情都會變得更順暢，他人會更願意幫你，你的格局亦隨之更大。

　　想要實現夢想，行動、實踐，訂立好目標與敢於學習，也可以想想你的夢想與世界的關係，幫助你想幫助的人，並尋找志同道合的人一起貢獻吧。你會成功的。

總結

夢想是不會發光，發光的是正在追夢的你。

結果不如你所願，那就在塵埃落定之前奮力一搏。我們要一直努力，因為或許有一天你也會成為別人的夢。要接受自己的普通，然後全力以赴的出眾。

我們不為模糊的未來擔憂，只為清清楚楚的現在而努力，千萬不要放棄，因為最好的東西總是壓軸出場。

生活原本是沉悶，但有夢的你跑起來總會有風，

願你能做顆星星，有稜有角，還會發光；也願你能做自己的太陽，成為自己的光，照亮前方；

願你能懷著希望，擁抱夢想，不要辜負時光！

匯聚光芒，燃點夢想！

《謝絕窮忙～90後女生逆轉人生》

系　　列　：心靈勵志
作　　者　：凱貽
出 版 人　：Raymond
責任編輯　：張家榮、Sally
封面設計　：史迪
內文設計　：史迪
出　　版　：火柴頭工作室有限公司 Match Media Ltd.
電　　郵　：info@matchmediahk.com
發　　行　：泛華發行代理有限公司
　　　　　　九龍將軍澳工業邨駿昌街7號 2 樓
承　　印　：新藝域印刷製作有限公司
　　　　　　香港柴灣吉勝街45號勝景工業大廈4字樓A室
出版日期　：2024年7月
定　　價　：HK$138
ISBN　　　：978-988-70510-0-8
建議上架　：心靈勵志